（明）吴承恩 撰

李卓吾先生批評西遊記

第五册

國家圖書館出版社

第五册目録

第二十五回 鎮元仙趕捉取經僧 孫行者大鬧五莊觀……一
第二十六回 孫悟空三島求方 觀世音甘泉活樹……三一
第二十七回 屍魔三戲唐三藏 聖僧恨逐美猴王……五七
第二十八回 花果山群妖聚義 黑松林三藏逢魔……八五
第二十九回 脱難江流來國土 承恩八戒轉山林……一一一
第三十回 邪魔侵正法 意馬憶心猿……一三七
第三十一回 猪八戒義釋猴王 孫行者智降妖怪……一六九
第三十二回 平頂山功曹傳信 蓮花洞木母逢災……二〇三

第二十五回

鎮元仙赶捉取經僧　孫行者大鬧五庄觀

却說他弟兄三衆到了殿上對師父道飯將熟了叫我們怎的三藏道徒弟不是問飯他這觀裡有甚麼人參果似孩子一般的東西你們是那一個偷他的吃了八戒道我老實不曉得不曾見清風道笑的就是他笑的就是他行者喝道我老孫生的是這個笑容兒莫成爲你不見了甚麼果子就不容我笑三藏道徒弟息怒我們是出家人休打誑語莫吃昧心食果然吃了他的陪他個禮罷何苦這般抵賴行者見師父說得有理他就實說道師父不干我

則則為
打逢多

事是八戒隔壁聽見那兩個道童吃甚麼人參果他想一箇兒嘗新着老孫去打了三箇我兄弟各人吃了一箇如今吃也吃了待要怎麼明月道偷了我四箇這和尚還說不是賊哩八戒道阿彌陀佛既是偷了四箇怎麼只拿出三箇來分預先就打起一箇偏手那猷子倒轉胡嚷二仙童問得是實越加毀罵就恨得箇大聖鋼牙咬响火眼睁圓把條金箍棒揝了又揝忍了又忍道這童子只說當面打人也罷受他些氣兒送他箇絕後計教他大家都吃不成好行者把腦後的毫毛拔了一根吹口仙氣叫變變做個假行者跟定唐僧陪着悟能悟淨忍受着道童嚷罵他

的真身出一個神縱雲頭跳將起去徑到人參園裡掣金箍棒往樹上乒乓一下又使箇推山移嶺的神力把樹一推推倒可憐葉落椏開根出土道人斷絕草還丹那大聖推倒樹在枝兒上尋果子那里得有半箇原來這寶貝遇金而落他的棒兩頭却是金裹之物況鐵又是五金之類所以敲着就振下來既下來又遇土而入因此上邊再沒一箇果子他道好好好大家散火他收了鐵棒徑往前來把毫毛一抖收上身來那些人肉眼凡胎看不明白却說那仙童罵勾多時清風道明月這些和尚也受得氣哩我們就像罵雞一般罵了這半會他通沒個招聲想必他不

曾偷吃倘或樹高葉密數得不明不要誑罵了他我和你再去查查明月道也說得是他兩個果又到園中只見那樹倒椏開果無葉落諕得清風腳軟跌根頭明月腰酥打骸垢那兩個魂飛魄散有詩為証

三藏西臨萬壽山悟空斷送草還丹椏開葉落仙根雷
明月清風心膽寒

他兩個倒在塵埃語言顛倒只叫怎麼好怎麼好害了我五庄觀裡的丹頭斷絕我仙家的苗裔師父來家我兩個怎的回話明月道師兄莫嚷我們且不了衣冠莫要驚張了這幾個和尚這個沒有別人穴是那個毛臉雷公嘴的

那厮他來出神弄法壞了我們的寶貝若是與他分說那厮必竟抵賴定要與他相〻爭起來就要交手相打你想我們兩個怎麼敵得過他四個且不如去哄他一哄只說果子不少我們錯數了轉與陪齋不是他們飯已熟了我等他吃飯時再貼他些兒小菜他一家拿着一個碗你却站在門左我却站在門右撲的把門關倒把鎖鎖住將這幾層門都鎖了不要放他待師父來家憑他怎的處置他又是師父的故人饒了他也是師父的人情不饒他我們也拿住個賊在庶幾可以免我等之罪清風聞言道有理有理他兩個強打精神勉生歡喜從後園中徑來殿上對

唐僧控背躬身道師父適間言語粗俗多有冲撞莫怪莫怪三藏問道怎麽說清風道果子不少只因樹葉高密不曾看得明白才然又去查查還是原數那八戒就趁脚兒蹻作不跌不歇道你這個童兒年幼不知事體就來亂罵白口咀咒枉賴了我們也不當人子行者心上明白口裡不言心中暗想道是謊是謊果子已是了帳怎的說這般話想必有起死回生之法三藏道既如此盛將飯來我們吃了去罷那八戒便去盛飯沙僧安放桌椅二童忙取小菜却是些醬瓜糟蘿蔔醋豆角醃窩苣糟芥菜共排了七八碟兒吃飯又提一壺好茶兩箇茶鍾伺候左右那師

徒四衆却才拿起碗來道童一邊一個撲的把門關上插上一把兩鐄銅鎖八戒笑道這童子差了你這里風俗不好却怎的關了門裡吃飯明月道正是正是好歹吃了飯兒開門清風罵道我把你這個害饞勞偷嘴的禿賊你偷吃了我的仙果已該一個擅食田園瓜果之罪却又把我的仙樹推倒壞了我五庄觀裡仙根你還要說嘴哩若能勾到得西方參佛面只除是轉背搖車再托生三藏聞言丟下飯碗把塊石頭放在心上那童子將那前山門三山門通都上了鎖却又來正殿門首惡語惡言賊前賊後只罵到天色將晚才去吃飯飯畢歸房去了唐僧埋怨行

者道你這個猴頭番番撞禍你偷吃了他的果子就受他些氣兒讓他罵幾句便也罷了怎麽又推倒他的樹若論這般情由告起狀來就是你老子做官也說不通行者道師父莫鬧那童兒都睡去了只等他睡着了我們連夜起身沙僧道哥呵幾層門都上了鎖閉得甚緊如何走麽行者笑道莫管莫管老孫自有法兒八戒道愁你沒有法兒哩你一變變甚麽蟲蟻兒瞞格子眼裡就飛將出去只是我們不會變的便在此頂缸受罪哩唐僧道他若幹出這個勾當不同你我出去呵我就念起舊話經兒他却怎生消受八戒聞言又愁又笑道師父你說的那里話我只聽

得佛教中有卷楞嚴經法華經孔雀經觀音經金剛經不曾聽見箇甚那舊話兒經呵師父道兄弟你不知道我頭上戴的這箇箍兒是觀音菩薩賜與我師父的師父哄我戴了就如生根的一般莫想拿得下來叫做緊箍兒咒又叫做緊箍兒經他舊話兒經即此是也但若念動了我就頭疼故有這箇法兒難我師父你莫念我決不負你管情大家一齊出去說話後都已天昏不覺東方月上行者道此時萬籟無聲冰輪明顯正好走了去罷八戒道哥呵不要搗鬼門俱鎖閉往那里走行者道你看手段好行者把金箍棒捻在手中使一箇解鎖法往門上一指只聽得突

蹡的一聲响幾層門雙鐄俱落吻喇的開了門扇八戒笑
道好本事就是叫小爐兒匠使掭子便也不象這等爽利
行者道這箇門兒有甚稀罕就是南天門指一指也開了
却請師父出了門上了馬八戒挑着擔沙僧攏着馬徑投
西路而去行者道你們且慢行等老孫去照顧那兩個童
兒睡一箇月三藏道徒弟不可傷他性命不然又一箇得
財傷人的罪了行者道我曉得行者復進去來到那童兒
睡的房門外他腰裡有帶的磕睡蟲兒原來在東天門與
增長天王猜枚耍子羸的他摸出兩箇來瞞窗眼兒彈將
進去徑奔到那童子臉上鼾鼾沉睡再莫想得醒他才拽

開雲路。趕上唐僧。順大路一直西奔。道一夜馬不停蹄。只行到天曉。三藏道。這個猴頭。弄殺我也。你因為嘴。帶累我一夜無眠。行者道。不要只管埋怨。天色明了。你且在這路旁邊樹林中。將就歇歇。養養精神。再走。那長老只得下馬。倚松根權作禪床坐下。沙僧歇了担子打盹。八戒枕着石睡。覺孫大聖偏有心腸。你看他跳樹扳枝頑耍。四衆歇息不題。却說那大仙自元始宮散會。領衆小仙出離兜率。徑下瑤天。墜祥雲。早來到萬壽山五庄觀門首。看時。只見觀門大開。地上乾淨。大仙道。清風明月。却也中用。常時節日高三丈腰也不伸。今日我們不在。他倒肯起早開門掃地

衆小仙俱悅行至殿上香火全無人踪俱寂那里有明月
清風衆仙道他兩個想是因我們不在拐了東西走了大
仙道豈有此理修仙的人敢有這般壞心的事想是昨晚
忘却關門就去睡了今早還未醒哩衆仙到他房門首看
處真箇關着房門鼾鼾沉睡這外邊打門亂叫那里叫得
醒來衆仙撬開門板着頭扯下床來也只是不醒大仙笑
道好仙童阿成仙的人神滿再不思睡却怎麽這般困倦
莫不是有人做弄了他也快取水來一童急取水半盞遞
與大仙大仙念動呪語噀一口水噴在臉上隨即解了睡
魔二人方醒忽睜睛抹抹臉擡頭觀看認得是與世同君

和仙兒等衆慌得那清風頓首明月叩頭師父呵你的故人原是東來的和尚一夥強盜十分兇狠大仙笑道莫驚恐慢慢的說來清風道師父阿當日別後不久果有個東土唐僧一行有四個和尚連馬五口弟子不敢違了師命問及來因將人參果取了兩箇奉上那長老俗眼愚心不識我們仙家的寶貝他說是三朝未滿的孩童再三不吃是弟子各吃了一箇不期他那手下有三個徒弟有一個姓孫的名悟空行者先偷了四箇果子吃了是弟子們向伊理說實實的言語了幾句他却不容暗自裡弄了個出神的手段苦呵二童說到此處止不住腮邊淚落衆仙道

那和尚打你來明月道不曾打只是把我們人參樹打倒了大仙聞言更不惱怒道莫哭莫哭你不知那姓孫的也是個太乙散仙也曾大鬧天宮神通廣大既然打倒了寶樹你可認得那些和尚清風道都認得大仙道既認得都跟我來衆徒弟們都收拾下刑具等我回來打他衆仙領命大仙與明月清風縱起祥光來赶三藏頃刻間就有千里之遙大仙在雲端裡平西觀看不見唐僧及轉頭向東看時道多赶了九百餘里原來那長老一夜馬不停蹄只行了一百二十里路大仙的雲頭一縱赶過了九百餘里仙童道師父那路旁樹下坐的是唐僧大仙道我已見了

你兩個回去。安排下繩索等我自家拿他。清風先回不題
那大仙按落雲頭搖身一變變作個行脚全真你道他怎
生打扮。
穿一領。白衲袍繫一條呂公縧。手搖麈尾漁鼓簡三
耳草鞋登脚下。九陽巾子把頭包。飄飄風滿袖口唱月
兒高。
徑直來到樹下。對唐僧高叫道。長老貧道起手了。那長老
忙忙答禮道。失瞻失瞻。大仙問長老是那方來的為何在
途中打坐三藏道貧僧乃東土大唐。差往西天取經者。路
過此間。權為一歇。大仙驚呀道。長老東來可曾在荒山經

過長老道不知仙宮是何寶山大仙道萬壽山五庄觀便是貧道棲止處行者聞言他心中有物的人忙答道不曾不曾我們是打上路來的那大仙指定笑道我把你這個潑猴你瞞誰哩你倒在我觀裡把我人參果樹打倒你連夜走在此間還不招認遮飾甚麼不要走趁早去還我樹來那行者聞言心中惱怒掣鐵棒不容分說望大仙劈頭就打大仙倒身躲過踏祥光徑到空中行者也騰雲急赶上去大仙在半空現了本相你看他怎生打扮

頭帶紫金冠無憂鶴氅穿履鞋登足下絲帶束腰間體如童子貌面似美人顏三鬚飄頷下鴉翎疊鬢邊相迎

行者無兵器止將玉麈手中撚

那行者沒高沒低的棍子亂打大仙把玉麈左遮右擋奈了他兩三回合使一箇袖裡乾坤的手段在雲端裡把袍袖迎風輕輕的一展刷地前來把四僧連馬一袖子籠住八戒道不好了我們都裝在褡褳裡了行者道獃子不是褡褳我們被他籠在衣袖中哩八戒道這箇不打緊等我一頓釘鈀築他箇窟窿脫將下去只說他不小心籠不牢弔的了罷那獃子使鈀亂築那里築得動手撚着雖然是個軟的築起來就比鐵還硬那大仙轉祥雲徑落五庄觀坐下叫徒弟拿繩來衆小仙一一伺候你看他從袖子裡

却相撮傀儡一般把唐僧拿出縛在正殿簷柱上又拿出他三個每一根柱上綁了一個將馬也拿出拴在庭下與他些草料行李抛在廊下又道徒弟這和尚是出家人不可用刀鎗不可加鐵鉞且與我取出皮鞭來打他一頓與我人參果出氣衆仙即忙取出一條鞭不是甚麼牛皮羊皮麂皮犢皮的原來是龍皮做的七星鞭着水浸在那里令一個有力量的小仙把鞭執定道師父先打那個大仙道唐三藏做大不尊先打他行者聞言心中暗道我那老和尚不禁打假若一頓鞭打壞了呵却不是我造的業他忍不住開言道先生差了偷果子是我吃果子是我推倒

樹起是我怎麼不先打他打他做甚大仙笑道這潑猴倒言語膂烈這等便先打他小仙問打多少大仙道照依果數打三十鞭那小仙輪鞭就打行者恐仙家法大睜圓眼瞧定看他打那里原來打腿行者就把腰扭一扭叫聲變變作兩條熟鐵腿看他怎麼打那小仙一下一下的打了三十天早向午了大仙又分付道還該打三藏訓教不嚴縱放頑徒撒潑那仙又輪鞭來打行者道先生又差了偷果子時我師父不知他在殿上與你二童講話是我兄弟們做的勾當縱是有教訓不嚴之罪我爲弟子的也當替打再打我罷大仙道這潑猴子雖是狡猾奸頑却倒也有

些孝意。既這等。還打他罷。小仙又打了三十。行者低頭看看兩隻腿似明鏡一般。通打亮了。更不知些疼痒。此時天色將晚。大仙道。且把鞭子浸在水裡。待明朝再拷打他。小仙收鞭去浸。各各歸房。晚齋已畢。盡皆安寢不題。那長老淚眼雙垂。怨他三個徒弟道。你等撞此禍來。却帶累我在此受罪。這是怎的起。行者道。且休報怨。打便先打我。你又不曾吃打。倒轉嗟呀怎的。唐僧道。雖然不曾打。却也綁得身上疼哩。沙僧道。師父。還有陪綁的在這里哩。行者道。都莫要嚷。再停會兒走路。八戒道。哥哥又弄虛頭了。這里麻繩噴水。緊緊的綁着。還比關在殿上被你使解鎖法搠開門走裡行者道不是誇口話那怕他三股麻繩噴上了水就是碗粗棕纜也只好當秋風正話處早已萬籟無聲正是天街人靜好行者把身子小一小脫下索來道師父去啞沙僧慌了道哥哥也救我們一救行者道悄言悄言他却解了三藏放下八戒沙僧整束了褊衫扣背了馬匹廊下拿了行李一齊出了觀門又教八戒你去把那崖邊柳樹伐四顆來八戒道要他怎的行者道有用處快快取來那獃子有些夯力走了去一嘴一顆就拱了四顆一抱抱來行者將枝梢折了教兄弟二人復進去將原繩照舊綁在柱上那大聖念動咒語咬破舌尖將血噴在樹上叫變

一根變作長老。一根變作自身。那兩根變作沙僧八戒。都變得容貌一般。相貌皆同。問他也就說話。叫名也就荅應。他兩個却才放開步。趕上師父。這一夜依舊馬不停蹄。躲離了五庄觀。只走到天明。那長老在馬上搖樁打盹。行者見了。叫道。師父不濟。出家人怎的這般辛苦。我老孫千夜不眠。也不曉得困倦。且下馬來。莫教走路的人看見笑你。權在山坡下藏風聚氣處歇歇再走。不說他師徒在路暫住。且說那大仙天明起來。吃了早齋。出在殿上。教拿鞭來。今日却該打唐三藏了。那小仙輪着鞭。望唐僧道。打你哩。那柳樹也應道。打麼。乒乓乒。打了三十輪過鞭來。對八戒道打你哩那柳樹也應道打麼及打沙僧也應道打麼及打到行者那行者在路偶然打個寒禁道不好了三藏問道怎麼說行者道我將四顆柳樹變作我師徒四衆我只說他昨日打了我兩頓今日想不打了卻又打我的化身所以我眞身打禁收了法罷那行者慌忙念呪收法你看那些道童害怕丟了皮鞭報道師父呵爲頭打的是大唐和尚這一會打的都是柳樹之根大仙聞言呵呵冷笑誇不盡道孫行者眞是一個好猴王曾聞他大鬧天宮佈地網天羅拿他不住果有此理你走了便也罷卻怎麼綑些柳樹在此冒名頂替決莫饒他趕去來那大仙說聲趕縱起

雲頭往西一望，只見那和尚挑包策馬，正然走路。大仙低下雲頭，叫聲：「孫行者，往那里走！還我人參樹來。」八戒聽見道：「罷了，對頭又來了。」行者道：「師父且把善字兒包起，讓我們使些兒兇惡，一發結果了他，脫身去罷。」唐僧聞言，戰戰兢兢，未曾答應。沙僧掣寶杖，八戒舉釘鈀，大聖使鐵棒，一齊上前，把大仙圍住在空中，亂打亂築。這場惡鬭，有詩為證。

悟空不識鎮元仙，與世同君妙更玄。三件神兵施猛烈，
一根麈尾自飄然。左遮右擋隨來往，後架前迎任轉旋。
夜去朝來難脫體，淹留何日到西天。

他兄弟三衆各舉神兵那大仙只把蠅帚兒演絮那叟有半個時辰他將袍袖一展依然將唐僧一馬并行李一袖籠去二雲頭又到觀裡衆仙接着仙師坐于殿上却又在袖兒裡一個個搬出將唐僧綁在堦下矮槐樹上八戒沙僧各綁在兩邊樹上將行者綑倒行者道想是調問哩不一時綑綁停當教把長頭布取十疋來行者笑道八戒這先生有意思拿出布來與我們做中袖哩減省些兒做個一戶中罷了那小仙將家機布搬將出來大仙道把唐三藏猪八戒沙和尚都使布裹了衆仙一齊上前裹了行者笑道好好好夾活兒就大殮了須臾纏裹已畢又教拿出

漆來衆仙即忙取了些自收自晒的生熟漆把他三個布裹漆漆了渾身俱裹漆上留着頭臉在外八戒道先生上頭倒不且緊只是下面還留孔兒我們好出恭那大仙又敎把大鍋擡出來行者笑道八戒造化擡出鍋來想是煑飯我們吃哩八戒道也罷了讓我們吃些飯兒做個飽死的鬼也好那衆仙果擡出一口大鍋支在堦下大仙叫架起乾柴放起烈火敎把清油抝上一鍋燒得滾了將孫行者下油鍋扎他一扎與我人參樹報仇行者聞言暗喜道正可老孫之意這一向不曾洗澡有些兒皮膚燥痒好歹燙燙足感盛情頃刻間那油鍋將滾大聖却又留心恐他

仙法難參油鍋裡難做手法急回頭四顧只見那臺下東邊是一座日規臺西邊是一個石獅子行者將身一縱滾到西邊咬破舌尖把石獅子噴了一口叫聲變變作他本身模樣也這般細作一團他却出了元神起在雲端裡低頭看着道士只見那小仙報道師父油鍋滾透了大仙教把孫行者擡下去四個仙童擡不動八個來也擡不動又加四個也擡不動衆仙道這猴子變土難移小自小倒也結實却教二十個小仙扛將起來往鍋裡一摜烹的響了一聲濺得些滾油點子把那小道士們臉上盪了幾箇燎漿大泡只聽得燒火的小童道鍋漏了鍋漏了說不了油

漏得罄盡鍋底打破原來是一箇石獅子放在裡面大仙大怒道這個潑猴着實無禮教他當面做了手脚你走了便罷怎麼又搗了我的灶這潑猴王自也拿他不住就拿住他也似摶砂弄汞捉影捕風罷罷罷饒他去罷且將唐三藏解下另換新鍋把他扎一扎與人參樹報報仇罷那小仙真箇動手折解布漆行者在半空裡聽得明白他想着師父不濟他若到了油鍋裡一滾就死二滾就焦到三五滾他就弄做個希爛的和尚了我還去救他一救好大聖按落雲頭上前叉手道莫要折壞了布漆我來下油鍋那大仙驚駡道你這猢猻怎麼弄手段搗了我的灶行者

笑道你遇（着眼）着我就該倒灶油湯油水之愛但只是大汚下你的熟油（猴）不好調菜下鍋不要扎我師父還來出般來一把扯住畢竟不

聽下回分解

總批

遊戲是是山人

者還是

第二十六回

孫悟空三島求方　觀世音甘泉活樹

處世須存心上刃修身切記寸邊而常言刃字爲生意
但要三思戒怒欺上士無爭傳亘古聖人懷德繼當時
剛強更有剛強輩究竟終成空與非

卻說那鎮元大仙用手攙着行者道我也知道你的本事我也聞得你的英名只是你今番越禮欺心縱有騰那脫不得我手我就和你同到西天見了你那佛祖也少不得還我人參果樹你莫弄神通行者笑道你這先生好小家子樣若要樹活有甚疑難早說這話可不省了一場爭競

大仙道不爭競我肯善自饒你行者道你解了我師父我還你一顆活樹如何大仙道你若有此神通醫得樹活我與你八拜爲交結爲兄弟行者道不打緊放了他們老孫管教還你活樹大仙諒他走不脫即命解放了三藏八戒沙僧沙僧道師父呵不知師兄搗得是甚麼鬼哩八戒道甚麼鬼這教做當面人情鬼樹死了又可醫得活他弄個光皮散兒好看哄着求醫治樹單單的脫身走路還顧得你和我哩三藏道他決不敢撒了我們我們問他那里求醫去遂叫道悟空你怎麼哄了仙長解放我等行者道老孫是真言實語怎麼哄他三藏道你往何處去求方行者

道古人云方從海上來我今要上東洋大海遍遊三島十洲訪問仙翁聖老求一個起死回生之法管教醫得他樹活三藏道此去幾時可回行者道只消三日三藏道既如此就依你說與你三日之限三日裡來便罷若三日之外不來我就念那話兒經了行者道遵命遵命你看他急整虎皮裙出門來對大仙道先生放心我就去就來你却要好生伏侍我師父逐日家三茶六飯不可欠缺若少了些兒老孫回來和你筭帳先搗塌你的鍋底衣服汚了與他漿洗漿洗臉兒黃了些兒我不要若瘦了些不出門那大仙道你去你去定不教他忍餓好猴王急縱觔斗雲離了

五莊觀徑上東洋大海在半空中快如掣電疾似流星。早
到蓬萊仙境按雲頭仔細觀看真個好去處有詩爲証。
大地仙鄉列聖曹蓬萊分合鎮波濤瑤臺影蘸天心冷
巨闕光浮海面高五色烟霞含玉籟九霄星月射金鰲
西池王母常來此奉祝三仙幾次桃。
那行者看不盡仙景徑入蓬萊正然走處見白雲洞外。松
陰之下有三個老兒圍棊觀局者是壽星對局者是福星
祿星行者上前叫道老弟們作揖了那三星見了拂退棊
秤回禮道大聖何來行者道待來尋你們耍子壽星道我
聞大聖棄道從釋脫性命保護唐僧往西天取經逐日奔

波山路那些兒得閑却來耍子行者道實不瞞列位說老孫因往西方行在半路有些兒阻滯特來小事相干不知肯否福星道是甚地方是何阻滯乞爲明示吾好裁處行者道因路過萬壽山五庄觀有阻三老驚呀道五庄觀是鎮元大仙的仙宮你莫不是把他人參果偷吃了行者笑道偷吃了能值甚麼三老道你這猴子不知好歹那果子聞一聞活三百六十歲吃一個活四萬七千年叫做萬壽草還丹我們的道不及他多矣他得之甚易就可與天齊壽我們還要養精煉氣存神調和龍虎從坎塡離不知費多少工夫你怎麼說他的能值甚緊天下只有此種靈根

行者道靈根靈根我已弄了他個斷根哩三老驚道怎的斷根行者道我們前日在他觀裡那大仙不在家只有兩個小童接待了我師父却將兩箇人參果奉與我師我師不認得只說是三朝未滿的孩童再三不吃那童子就拿去吃了不曾讓得我們是老孫就去偷了他三箇我三兄弟吃了那童子不知高低賊前賊後的罵個不住是老孫惱了把他樹打了一棍推倒在地樹上果子全無芽開葉落根出枝傷已枯死了不想那童子關住我們又被老孫扭開鎖走了吹日清辰那先生回家赶來問荅間語言不和遂與他賭鬥被他閃一閃把袍袖一開一袖子都籠去

了繩纏索綁拷問鞭敲就打了一日是夜又逃了他又趕上依舊籠去他身無寸鐵只是把箇麈尾遮架我兄弟這等三般兵器莫想打得着他這一番仍舊擺佈將布裹漆了我師父與兩師弟却將我下油鍋我又做了個脫身本事走了把他鍋都打破他見拿我不住儘有幾分懼我是我又與他好講教他放了我師父師弟我與他醫樹管活兩家才得安寧我想着方從海上來故此特遊仙境訪三位老弟有甚醫樹的方兒傳我一箇急救唐僧脫苦三星聞言心中也悶道你這猴兒全不識人那鎮元子乃地仙之祖我等乃神仙之宗你雖得了天仙還是太乙散數未

入真流你怎麼脫得他手若是大聖打殺了走獸飛禽蜾虫鱗長只用我黍米之丹可以救活那大參果乃仙木人根如何醫治沒方沒方那行者見說無方却就眉峯雙鎖額蹙千痕福星道大聖此處無方他處或有怎麼就生煩惱行者道無方別訪果然容易就是遊遍海角天涯轉透三十六天亦是小可只是我那唐長老法嚴量窄止與了我三日期限三日之外不到他就要念那緊箍兒呪哩三星笑道好好好若不是這個法兒拘束你你又鑽天了壽星道大聖放心不須煩惱那大仙雖稱上輩却也與我等有識一則久別不曾拜望二來是大聖的人情如今我三

八同去望他一望就與你道如此情叙那唐和尚莫念緊箍兒呪休說三日五日只等你求得方來我們才別行者道感激感激就請三位老弟行行我去也大聖辭別三星不題却說這三星駕起祥光只聽得長天鶴唳原來是三老光臨但見那

盈空藹藹祥光簇霄漢紛紛香馥郁綵霧千條護羽衣輕雲一朶擎仙足青上一丹鳳大袖引香風滿地撲狂杖懸龍喜笑生皓髯垂玉胸前拂童顏懽悅更無憂壯體雄威多有福執星籌添海屋腰掛葫蘆并寶籙萬紀千旬福壽長十洲三島隨緣宿常來世上送千祥每向

人間增百福緊乾坤榮福祿福壽無疆今喜得三老乘
祥謁大仙福堂和氣生無極
那仙童看見即忙報道師父海上三星來了鎮元子正與
唐僧師弟閑敘聞報即降階奉迎那八戒見了壽星近前
扯住笑道你這肉頭老兒許久不見還是這般脫洒帽兒
也不三個來遂把自家一個僧帽撲的套在他頭上撲著
手呵呵大笑道好好好真是加冠進爵也那壽星將帽子
攢了罵道你這箇夯貨老大不知高低八戒道我不是夯
貨你等真是奴才福星道你倒是個夯貨反敢罵人是奴
才八戒又笑道既不是人家奴才好道叫做添壽添福添

禮那三藏喝退了八戒急整衣拜了三星那三星以晚輩之禮見了大仙方才敘坐坐定祿星道我們一向久闊尊顏有失恭敬今因孫大聖攪擾仙山特來相見大仙道孫行者到蓬萊去的壽仙道是因爲傷了大仙的丹下他來我處求方一治我輩無方他又到別處求訪但大違了聖僧三日之限要念緊箍兒呪我輩一來奉拜二來討個寬限三藏聞言連聲應道不敢念不敢念正說處八戒又跑進來扯住福星要討果子吃他去袖裡亂摸腰裡亂挖不住的揭他衣服搜檢三藏笑道那八戒是甚麼規矩八戒道不是沒規矩此叫做番番是福三藏又叱令出去那獃

子跨出門 一着福星眼不轉睛的發狠福星道夯貨我那里惱了你來你這等恨我八戒道不是恨你這叫做頭望福那歛子出得門來只見一個小童拿了四把茶匙方去尋鍾取果看茶被他一把奪過跑上殿拿着個小磬兒用手亂敲亂打兩頭頑耍大仙道這個和尚越發不尊重了八戒笑道不是不尊重這叫做四時吉慶且不說八戒打諢亂纏却表行者二觔雲駕了蓬萊又早到方丈仙山這山真好去處有詩為證

方丈巍峩別是天太元宮府會神仙紫臺光照三清路

花木香浮五色烟金鳳自多槃蕋闕玉膏誰逼灌芝田

碧桃紫李新成熟。又換仙人信萬年。

那行者。按落雲頭。無心玩景。正走處。只聞得香風馥馥。玄鶴聲鳴。那壁廂有個神仙。但見

盈空萬道霞光現。彩霧飄颻光不斷。丹鳳啣花也更鮮。青鸞飛舞聲嬌艷。福如東海壽如山。貌似小童身體健。壺隱洞天不老丹。腰懸與日長生篆。人間數次降禎祥。世上幾番消厄願。武帝曾宣加壽齡。瑤池每赴蟠桃宴。教化衆僧脱俗緣。指開大道明如電。也曾跨海祝千秋。常去靈山參佛面。聖號東華大帝君。烟霞第一神仙眷。

孫行者覿面相迎。叫聲帝君起手了。那帝君慌忙回禮道。

大聖失迎請荒居奉茶遂與行者攜手而入果然是貝闕珠宮看不盡瑤池瓊閣方坐待茶只見翠屏後轉出一個童兒他怎生打扮

身穿道服飄霞爍腰束絲縧光錯落頭戴綸巾佈斗星足登芒履遊仙岳鍊元真脫本殼功行成時遂意樂識破源流精氣神主人認得無虛錯逃名今喜壽無疆甲子週天管不着轉回廊登寶閣天下蟠桃三度摸縹緲香雲出翠屏小仙乃是東方朔

行者見了笑道這個小賊在這里呵帝君處沒有桃子你偷吃東方朔朝上進禮荅道老賊你來這里怎的我師父

沒有仙丹你偷吃帝君叫道曼倩休亂言看茶來也曼倩原是東方朔的道名他急入裡取茶二杯飲訖行者道老孫此來有一事奉干未知允否帝君道何事自當領教行者道近因保唐僧西行路過萬壽山五庄觀因他那小童無狀是我一時發怒把他人參果樹推倒一時阻滯唐僧不得脫身特來尊處求賜一方醫治萬望慨然帝君道你這猴子不管一二到處裡闖禍那五庄觀鎮元子聖號與世同君乃地仙之祖你怎麼就衝撞出他他那人參果樹乃草還丹你偷吃了尚說有罪却又連樹推倒他肯干休行者道正是呢我們走脫了被他趕上把我們就當汗巾

見一般，一袖子都籠去了，所以合氣，沒奈何許他求方醫治，故此拜求帝君道，我有一粒九轉太乙還丹，但能醫治世間生靈，却不能醫樹，樹乃土木之靈，天滋地潤，若是凡間的果木，醫治還可，這萬壽山乃先天福地，五庄觀乃賀洲洞天，人參果又天開地闢之靈根，如何可治，無方無方，行者道既然無方，老孫告別，帝君仍欲留奉玉液一杯，行者道急救事緊，不敢久滯，遂駕雲復至瀛洲海島，也好去處，有詩為証

珠樹玲瓏照紫烟，瀛洲宮闕接諸天，青山綠水琪花艷

玉液錕鋘鐵石堅，五色碧雞啼海日，千年丹鳳吸朱烟

世人罔究壺中景象外春光億萬年。

那大聖至瀛洲、只見那丹崖珠樹之下、有幾個皓髮皤然之輩、童顏鶴鬢之仙、在那里着棋飲酒、談笑謳歌、真個是

祥雲光滿、瑞靄香浮、彩鸞鳴洞口、玄鶴舞山頭、碧藕水桃爲按酒、交梨火棗壽千秋、一個個丹詔無聞、仙符有籍、逍遥隨浪蕩、散淡任清幽、周天甲子難拘管、大地乾坤秪自由、獻果猿猴對對參隨多美愛、啣花白鹿雙雙拱伏甚綢繆

那些老兒、正然洒落、這行者厲聲高叫道、帶我耍耍兒便怎的、衆仙見了、急忙趨步相迎、有詩爲証。

人參果樹靈根折，大聖訪仙求妙訣，繚繞丹霞出寶林，瀛洲九老來相接

行者笑道老兄弟們自在哩，九老道，大聖當年若存正不鬧天宮，比我們還自在哩，如今好了，聞你歸真向西拜佛，如何得暇至此，行者將那醫樹求方之事，具陳了一遍，九老也大驚道你也忒惹禍惹禍，我等實是無方，行者道既是無方，我且奉別，九老又留他飲瓊漿，食碧藕，行者定不肯坐，止立飲了一杯漿，吃了他一片藕，急急離了瀛洲，徑轉東洋大海，早望見落伽山不遠，遂落下雲頭，直到普陀巖上，見觀音菩薩在紫竹林中，與諸天大神，木叉龍女，講

經說法有詩爲証.

海主城高瑞氣濃更觀奇異事無窮須知絕隱千般外.盡出希微一品中.四聖授時成正果六凡聽後脫凡籠.少林別有眞滋味花果馨香滿樹紅.

那菩薩早已看見行者來到即命守山大神去迎.那大神出林來叫聲孫悟空那里去.行者擡頭喝道你這個熊羆我是你叫的悟空.當初不是老孫饒了你你已此做了黑風山的屍鬼矣.今日跟了菩薩受了善果居此仙山常聽法敎你叫不得我一聲老爺.那黑熊眞個得了正果在菩薩處鎮守普陀稱爲大神是也.虧了行者他只得陪笑道

好點綴

大聖古人云君子不念舊惡只管題他怎的菩薩着我來迎你哩這行者就端肅尊誠與大神到了紫竹林裡參拜菩薩菩薩道悟空唐僧行到何處也行者道行到西牛賀洲萬壽山了菩薩道那萬壽山有座五莊觀鎮元大仙你會會他麼行者頓首道因是在五庄觀弟子不識鎮元大仙毀傷了他的人參果樹冲撞了他他困滯了我師父不得前進那菩薩情知怪道你這潑猴不知好歹他那人參果樹乃天開地闢的靈根鎮元子乃地仙之祖我也讓他三分你怎麼就打傷他樹行者再拜道弟子實是不知那一日他不在家只有兩個仙童候待我等是猪悟能曉得

他有果子要一個嘗新弟子委偷了他三箇弟兄們分吃了那童子知覺罵我等無已是弟子發怒遂將他樹推倒他次日回來趕上將我等一袖子籠去繩綁鞭抽拷打了一日我等當夜走脫又被他趕上依然籠了三番兩次其實難逃已允了與他醫樹却才自海上求方遍遊三島衆神仙都沒有本事弟子因此志心朝禮特拜告菩薩伏望慈憫俯賜一方以救唐僧早早西去菩薩道你怎麼不早來見我却往島上去尋我行者聞此言心中暗喜道造化了造化了菩薩一定有方也行者又上前懇求菩薩道我這淨瓶底的甘露水善治得仙樹靈苗行者道可曾經驗

過麼菩薩道經驗過的行者問有何經驗菩薩道當年太上老君曾與我賭勝他把我的楊柳枝拔了去放在煉丹爐裡炙得焦乾送來還我是我拿了插在瓶中一晝夜復得青枝綠葉與舊相同行者笑道真造化了真造化了烘焦了的尚能醫活況此推倒的有何難哉菩薩分付大衆看守林中我去去來遂手托淨瓶白鸚歌前邊巧囀孫大聖隨後相從有詩為証

玉毫金像世難論正是慈悲救苦尊過去劫逢無垢佛
至今成得有為身幾生慾海澄清浪一片心田絕點塵
甘露久經真妙法管教寶樹永長春

却說那觀裡大仙與三老正然清話忽見孫大聖按落雲頭叫道菩薩來了快接快接慌得那福壽星與鎮元子共三藏師徒一齊迎出寶殿菩薩才住了祥雲先與鎮元子陪了話後與三星作禮禮畢上坐那堦前行者引唐僧八戒沙僧都拜了那觀中諸仙也來拜見行者道大仙不必遲疑趁早兒陳設香案請菩薩替你治那甚麼果樹去大仙躬身謝菩薩道小可的勾當怎麼敢勞菩薩下降菩薩道唐僧乃我之弟子孫悟空沖撞了先生理當陪償寶樹三老道既如此不須謙講了請菩薩都到園中去看看那大仙即命設具香案打掃後園請菩薩先行三老隨後三

藏師徒與本觀衆仙都到園內觀看時那顆樹倒在地下土開根現葉落枝枯菩薩叫悟空伸手來那行者將左手伸開菩薩將楊柳枝蘸出瓶中甘露把行者手心裡畫了一道起死回生的符字教他放在樹根之下但看水出爲度那行者揑着拳頭往那樹根底下揣着須臾有清泉一汪菩薩道那個水不許犯五行之器須用玉瓢舀出扶起樹來從頭澆下自然根皮相合葉長芽生枝青果出行者道小道士們快取玉瓢來鎮元子道貧道荒山沒有玉瓢只有玉茶盞玉酒杯可用得麼菩薩道但是玉器可舀得水的便罷取將來看大仙即命小童子取出有二三十箇

茶盞四五十酒杯卻將那根下清泉舀出行者八戒沙僧扛起樹來扶得周正擁上土將玉器內其泉一甌甌了與菩薩菩薩將楊柳枝細細洒上口中又念着經呪不多時洒淨那舀出之水見那樹果然依舊青枝綠葉陰森上有二三十個人參果清風明月二童子道前日不見了果子時顛倒只數得二十二個今日回生怎麽又多了一個行者道日久見人心前日老孫只偷了三個那一個落下地來土地說這寶遇土而入八戒只嚷我打了偏手故走了風信只纏到如今才見明白菩薩道我方才不用五行之器者知道此物與五行相畏故耳那大仙十分懽喜急令

取金擊子來把果子敲下十個請菩薩與三老復回寶殿一則謝勞二來做個人參果會衆小仙遂調開卓椅鋪設丹盤請菩薩坐了上面正席三老左席唐僧右席鎮元子前席相陪各食了一個有詩爲証

萬壽山中古洞天人參一熟九千年靈根現出芽枝損甘露滋生果葉全三老喜逢皆舊契四僧皆果大前緣自今會服人參果盡是長生不老仙

此時菩薩與三老各吃了一個唐僧始知是仙家寶貝也吃了一個悟空三人亦各吃一個鎮元子陪了一個本觀仙衆分吃了一個行者才敨了菩薩回上普陀巖送三星

第二十七回　屍魔三戲唐三藏　聖僧恨逐美猴王

却說三藏師徒次日天明收拾前進那鎮元子與行者結爲兄弟兩人情投意合决不肯放又安排管待一連住了五六日那長老自服了草還丹真是脫胎換骨神爽體健他取經心重那里肯淹留無已遂行師徒別了上路早見一座高山三藏道徒弟前面有山險峻恐馬不能前大家須仔細仔細行者道師父放心我等自然理會好猴王他在馬前横擔着棒剖開山路上了高崖看不盡

峯巖重疊澗壑灣環虎狼成陣走麂鹿作羣行無數獐

犯鑽簇簇滿山，狐兎聚叢叢，千尺大蟒，萬丈長蛇，大蟒噴愁霧，長蛇吐怪風，道傍荆刺牽漫，嶺上松柟秀麗，薜蘿滿目，芳草連天，影落滄溟北，雲開斗柄南，萬古尋貪元長老，千峯巍列日光寒，

那長老馬上心驚，孫大聖佈施手段，舞着鐵棒，哮吼一聲，諕得那狼虫顛竄，虎豹奔逃，師徒們入此山，正行到嵯峨之處，三藏道，悟空，我這一日肚中饑了，你去那里化些齋吃，行者陪笑道，師父好不聰明，這等半山之中，前不巴村，後不着店，有錢也沒買處，教往那里尋齋，三藏心中不快，口裡罵道，你這猴子，想你在兩界山，被如來壓在石匣之

內口，能言，足不能行，也虧我救你性命，摩頂受戒，做了我的徒弟，怎麼不肯努力，常懷懶惰之心，行者道，弟子亦頗殷懃，何常懶惰，三藏道，你既殷懃，何不化齋我吃，我肚饑怎行，況此地山嵐瘴氣，怎麼得上雷音，行者道，師父休怪少要言話，我知你尊性高傲，十分違慢了，你便要念那話兒咒，你下馬穩坐，等我尋那里有人家處化齋去，行者將身一縱，跳上雲端裡，手搭涼蓬，睜眼觀看，可憐西方路甚是寂寞，更無庄堡人家，正是多逢樹木，少見人烟去處，看多時，只見正南上有一座高山，那山向陽處，有一片鮮紅的點子，行者按下雲頭道，師父有吃的了，那長老問甚東西、行者道這里沒人家化飯、那南山有一片紅的、想必是熟透了的山桃、我去摘幾個來你充饑、三藏喜道、出家人若有桃子吃、就爲上分了、行者取了鉢盂、縱起祥光、你看他觔斗幌幌、冷氣颼颼、須臾間奔南山摘桃不題、却說常言有云、山高必有怪、嶺峻却生精、果然這山上、有一個妖精、孫大聖去時、驚動那怪、他在雲端裡、踏着陰風、看見長老坐在地下、就不勝懽喜道、造化、造化、幾年家人都講東土的唐和尚取大乘、他本是金蟬子化身、十世修行的原體、有人吃他一塊肉、長壽長生、真個今日到了、那妖精上前就要拿他、只見長老左右手下、有兩員大將護持、不敢攏身。他說兩員大將是誰，說是八戒沙僧。八戒沙僧雖沒甚麼大本事，然八戒是天蓬元帥，沙僧是捲簾大將，他的威氣尚不曾泄，故不敢攏身。妖精說，等我且戲他戲，看怎麼說。好妖精，停下陰風，在那山凹裡，搖身一變，變做個月貌花容的女兒，說不盡那眉清目秀，齒白唇紅，左手提着一個青砂礶兒，右手提着一箇綠磁瓶兒，從西向東，徑奔唐僧。

聖僧歇馬在山巖，忽見裙釵女近前，翠袖輕搖籠玉筍，
湘裙斜拽顯金蓮，汗流粉面花含露，塵拂蛾眉柳帶烟，
仔細定睛觀好處，看看行至到身邊。

三藏見了，叫八戒沙僧，悟空才說這里曠野無人，你看那里不走出一個人來了。八戒道，師父，你與沙僧坐着，等老猪去看看來。那獃子，放下釘鈀，整整直裰，擺擺搖搖，冲作個斯文氣象，一直的覿面相迎，眞箇是遠看未實，近看分明。那女子生得

冰肌藏玉骨，衫領露酥胸。柳眉積翠黛，杏眼閃銀星。月樣容儀俏，天然性格清。體似燕藏柳，聲如鶯囀林。半放海棠籠曉日，才開芍藥弄春晴。

那八戒見他生得俊俏，獃子就動了凡心，忍不住胡言亂語，叫道女菩薩，往那里去？手裡提着是甚麼東西？分明是

個妖怪他却不能認得那女子連聲荅應道長老我這青礶裡是香米飯綠瓶裡是炒麵觔特來此處無他故因還誓愿要齋僧八戒聞言滿心懽喜急抽身就跑了箇猪顛風報與三藏道師父吉人自有天報師父餓了教師兄去化齋那猴子不知那裡摘桃兒耍子去了桃子吃多了也有些嘈人又有些下墜你看那不是個齋僧的來了唐僧不信道你這個夯貨胡纏我們走了這向好人也不曾遇着一個齋僧的從何而來八戒道師父這不到了三藏一見連忙跳起身來合掌當胸道女菩薩你府上在何處住是甚人家有甚愿心來此齋僧分明是個妖精那長老也

不認得。那妖精。見唐僧問他來歷。他立地就起個虛情。花言巧語來賺哄道。師父此山叫做蛇回獸怕的白虎嶺。正西下面是我家。我父母在堂看經好善。廣齋方上遠近僧人。只因無子。求神作善。生了奴奴。欲扳門第。配嫁他人。又恐老來無倚。只得將我招了一個女壻。養老送終。三藏聞言道。女菩薩。你語言差了。聖經云。（老和尚會開講）父母在。不遠遊。遊必有方。你旣有父母在堂。又與你招了女壻。有願心。教你男子還便也罷。怎麼自家在山行走。又沒個侍兒隨從。這個是不遵婦道了。那女子笑吟吟忙陪俏語道。師父。我丈夫在山北凹裡。帶幾個客子鋤田。這是奴奴煑的午飯。送與那些人吃的，只爲五黃六月，無人使喚，父母又年老，所以親身來送，忽遇三位遠來，却思父母好善，故將此飯齋僧，如不棄嫌，願表芹獻，三藏道，善哉善哉，我有徒弟摘果子去了，就來，我不敢吃，假如我和尚吃了你飯，你丈夫曉得罵你，却不罪坐貧僧也，那女子見唐僧不肯吃，却又滿面春生道，師父呵，我父母齋僧還是小可，我丈夫更是個善人，一生好的是修橋補路，愛老憐貧，但聽見說這飯送與師父吃了，他與我夫妻情上，比尋常更是不同，三藏也只是不吃，傍邊却惱壞了八戒，那獃子，努着嘴，口裏埋怨道，天下和尚也無數，不曾象我這個老和尚罷軟，現成的飯，三分兒倒不吃只等那猴子來做四分才吃他不容分說一嘴把個礶子拱倒就要動口只見那行者自南山頂上摘了幾個桃子托着鉢盂一觔斗點將回來睜火眼金睛觀看認得那女子是個妖精放下鉢盂掣鐵棒當頭就打諕得個長老用手扯住道悟空你走將來打誰行者道師父你面前這個女子莫當做個好人他是個妖精要來騙你哩三藏道你這個猴頭當時倒也有些眼力今日如何亂道這女菩薩有此善心將這飯要齋我等你怎麼說他是妖精行者笑道師父你那里認得老孫在水簾洞內做妖精時若想人肉吃便是這等或變金銀或變莊臺或變醉

人或變女色有那等痴心的愛上我我就迷他到洞內盡意隨心或蒸或煮受用吃不了還要晒乾了防天陰哩師父我若來遲你定入他套子遭他毒手那唐僧那裡肯信只說是個好人行者道師父我知道你了你見他那等美貌必然動了凡心若果有此意叫八戒伐幾棵樹來沙僧尋些草來我做木匠就在這里搭個窩鋪你與他圓房成事我們大家散火卻不是件事業何必又跋涉取甚經去那長老原是個軟善的人那里吃得他這句言語羞得光頭徹耳通紅三藏正在此羞慚行者又發起性來掣鐵棒望妖精劈頭一下那怪物有些手段使個解屍法見行者

棍子來時他却抖擻精神預先走了。把一個假屍首。打死在地下。諕得個長老戰匕兢兢。口中作念道這猴着然無禮。屢勸不從。無故傷人性命。行者道師父莫怪。你且來看看這礶子內。是甚東西。沙僧攙着長老近前看時。那里是甚香米飯。却是一礶子拖尾巴的長蛆。也不是麵觔。却是幾箇青蛙癩蝦蟆。滿地亂跳。長老却有三分兒信了。怎禁猪八戒。氣不忿。在傍漏八分兒唆嘴道師父。說起這個女子。他是此間農婦。因為送飯下田。路遇我等。却怎麼栽他是個妖怪。哥哥的棍重。走將來。試手打他一下。不期就打殺了。怕你念甚麼緊箍兒呪。故意的使個障眼法兒變做這等樣東西演幌你眼使不念呪哩三藏自此一言就是悔氣到了果然信那猷子攛唆手中捻訣口裡念呪行者就叫頭疼頭疼莫念莫念有話便說唐僧道有甚話說出家人時時常要方便念念不離善心掃地恐傷螻蟻命愛惜飛蛾紗罩燈你怎麼步步行兇打死這個無故平人取將經來何用你回去罷行者道師父你教我回那里去唐僧道我不要你做徒弟行者道你不要我做徒弟只怕你西天路去不成唐僧道我命在天該那個妖精蒸了吃就是煮了也筭不過終不然你救得我的大限你快回去行者道師父我回去便也罷了只是不會報得你的恩哩唐

僧道，我與你有甚恩，那大聖聞言，連忙跪下叩頭道，老孫因大鬧天宮，致下了傷身之難，被我佛壓在兩界山，幸觀音菩薩，與我受了戒行，幸師父救脫吾身，若不與你同上西天，顯得我知恩不報非君子，萬古千秋作罵名，原來這唐僧，是個慈憫的聖僧，他見行者哀告，却也回心轉意道，旣如此說，且饒你這一次，再休無禮，如若仍前作惡，這呪語，顛倒就念二十遍，行者道，三十遍也由你，只是我不打人了，却才伏侍唐僧上馬，又將摘來桃子奉上，唐僧在馬上也，吃了幾箇，權且充饑，却說那妖精，脫命昇空，原來行者那一棒，不曾打殺妖精，妖精出神去了，他在那雲端裡咬牙切齒暗恨行者道幾年只聞得講他手段今日果然話不虛傳那唐僧已是不認得我將要吃飯若低頭聞一聞兒我就一把撈住卻不是我的人了不期被他走來弄破我這勾當又幾乎被他打了一棒若饒了這個和尚誠然是勞而無功也我還下去戲他一戲好妖精按落陰雲在那前山坡下搖身一變變作個老婦人年滿八旬手拄着一根灣頭竹杖一步一聲的哭着走來八戒見了大驚道師父不好了那媽媽兒來尋人了唐僧道尋甚人八戒道師兄打殺的定是他女兒這個定是他娘尋將來了行者道兄弟莫要胡說那女子十八歲這老婦有八十歲怎

有六十多歲還生產、斷乎是個假的、等老孫去看來、好行者、掣開步、走近前觀看、那怪物、

假變一婆婆、兩鬢如冰雪、走路慢騰騰、行步虛怯怯、弱體瘦伶仃、臉如枯菜葉、顴骨望上翹、嘴唇往下別、老年不比少年時、滿臉都是荷包摺

行者認得他是妖精、更不理論、舉棒照頭便打、那怪見棍子起時、依然抖擻、又出化了元神、脫真兒去了、把箇假屍首、又撇在路傍之下、唐僧一見、驚下馬來、睡在路傍、更無二話、只是把緊箍兒呪、顛倒足足念了二十遍、可憐把個行者、頭勒得似個亞腰葫蘆、十分疼痛難忍、滾將來哀告

道師父莫念了有甚話說了罷唐僧道有甚話說出家人耳聽善言不墜地獄我這般勸化你你怎麼只是行兇把平人打死一個又打死一個此是何故行者道他是妖精唐僧道這個猴子胡說就有許多妖怪你是個無心向善之輩有意作惡之人你去罷行者道師父又教我去回去便也回去了只是一件不相應唐僧道你有甚麼不相應處八戒道師父他要和你分行李哩跟着你做了這幾年和尚不成空着手回去你把那包袱內的甚麼舊褊衫破帽子分兩件與他罷行者聞言氣得暴跳道我把你這個尖嘴的夯貨老孫一向秉教沙門更無一毫嫉妒之意貪

戀之心怎麼要分甚麼行李唐僧道你旣不嫉妬貪戀如何不去行者道實不瞞師父說老孫五百年前居花果山水簾洞大展英雄之際收降七十二洞邪魔手下有四萬七千羣怪頭戴的是紫金冠身穿的是赭黃袍腰繫的是藍田帶足踏的是步雲履手執的是如意金箍棒着實也曾爲人自從涅槃罪度削髮秉正沙門跟你做了徒弟把這箇金箍兒勒在我頭上若回去却也難見故鄉人師父果若不要我把那個鬆箍兒呪念一念退下這個箍子交付與你套在別人頭上我就快活相應了也是跟你一塲莫不成這些人意兒也沒有了唐僧大驚道悟空我當時

只是菩薩暗受一卷緊箍兒呪。却沒有甚麼鬆箍兒呪。行者道。若無鬆箍兒呪。你還帶我去走走罷。長老又沒奈何道。你且起來。我再饒你這一次。却不可再行兇了。行者道再不敢了。再不敢了。又伏侍師父上馬剖路前進。却說那妖精原來行者第二棍也不曾打殺他。那怪物在半空中誇獎不盡道。好個猴王。着實有眼。我那般變了去。他也還認得我。這些和尚。他去得快。若過此山。西下四十里就不伏我所管了。若是被別處妖魔撈了去。好道就笑破他人口。使碎自家心。我還下去戲他一戲。好妖精。按聳陰風。在山坡下。搖身一變。變做一個老公公。真個是

白髮如彭祖蒼髯賽壽星耳中鳴玉磬眼裡幌金星手
拄龍頭拐身穿鶴氅輕數珠掐在手口誦南無經
唐僧在馬上見了心中大喜道阿彌陀佛西方真是福地
那公公路也走不上來逼法的還念經哩八戒道師父你
且莫要誇獎那個是禍的根哩唐僧道怎麼是禍根八戒
道行者打殺他的女兒又打殺他的婆子這個正是他的
老兒尋將來了我們若撞在他的懷內時師父你便償命
該個死罪把老豬為從問個充軍沙僧喝令問個擺站那
行者使個遁法走了卻不苦了我們三個頂缸行者聽見
道這個獃根這等胡說可不諕了師父等老孫再去看看

他把棍藏在身邊走上前迎着怪物叫聲老官兒往那里
去怎麼又走路又念經那妖精錯認了定盤星把孫大聖
也當做個等閑的遂荅道長老阿我老漢祖居此地一生
好善齋僧看經念佛命裡無兒止生得一個小女招了個
女婿今早送飯下田想是遭逢虎口老妻先來找尋也不
見回去全然不知下落老漢特來尋看果然是傷殘他命
也沒奈何將他骸骨收拾回去安葬塋中行者笑道我是
個做夔虎的祖宗你怎麼袖子裡籠了個鬼兒來哄我你
瞞不過我我認得你是個妖精那妖精諕得頓口無言行
者掣鐵棒來自忖思道若要不打他顯得他倒弄個風兒

若要打他又怕師父念那話兒呪語又思量道不打殺他他一時間抄空兒把師父撈了去却不又費心勞力去救他還打的是就一棍子打殺他師父念起那呪常言道虎毒不吃兒憑着我巧言花語嘴伶舌便哄他一哄好道也罷了好大聖念動呪語叫當方土地本處山神道這妖精三番來戲弄我師父這一番却要打殺他你與我在半空中作証不許走了衆神聽令誰敢不從都在雲端裡照應那大聖棍起處打倒妖魔才斷絕了靈光那唐僧在馬上又諕得戰戰兢兢口不能言八戒在傍邊又笑道好行者風發了只行了半日路倒打死三個人唐僧正要念呪行

者急到馬前叫道師父莫念莫念你且來看看他的模樣却是一堆粉骷髏在那里唐僧大驚道悟空這個人才死了怎麼就化作一堆骷髏行者道他是個潛靈作怪的僵尸在此迷人敗本被我打殺他就現了本相他那脊梁上有一行字叫做白骨夫人唐僧聞說倒也信了怎禁那八戒傍邊唆嘴道師父他的手重棍兇把人打死只怕你念那話兒故意變化這個模樣掩你的眼目哩唐僧果然耳軟又信了他隨復念起行者禁不得疼痛跪于路傍只叫莫念莫念有話快說了罷唐僧道猴頭還有甚說話出家人行善如春園之草不見其長日有所增行惡之人如磨

至言

刀之石不見其損。日有所虧你在這荒郊野外。一連打死三人。還是無人撿舉。沒有對頭。倘到城市之中。人烟湊集之所。你拿了那哭喪棒。一時不知好歹亂打起人來。撞出大禍。教我怎的脫身。你回去罷。行者道。師父錯怪了我也這廝分明是個妖魔。他實有心害你。我倒打死他替你除了害。你却不認得。返信了那獃子。讒言冷語。屢次逐我。常言道。事不過三。我若不去。真是個下流無恥之徒。我去我去。去便去了。只是你手下無人。唐僧發怒道。這潑猴越發無禮。看起來。只你是人。那悟能悟淨。就不是人。那大聖一聞此言。他兩個是人。止不住傷情悽慘。對唐僧道聲苦阿。

你那時節出了長安有劉伯欽送你上路到兩界山救我出來投拜你爲師我曾穿古洞入深林擒魔捉怪收八戒得沙僧吃盡千辛萬苦今日昧着惺惺使糊塗只教我回去這纔是鳥盡弓藏兎死狗烹罷罷罷但只是多了那緊箍兒呪唐僧道我再不念了行者道這個難說若到那毒魔苦難處不得脫身八戒沙僧救不得你那時節想起我來忍不住又念誦起來就是十萬里路我的頭也是疼的假如再來見你不如不作此意唐僧見他言言語語越發惱怒滾鞍下馬來叫沙僧包袱內取出紙筆即於澗下取水石上磨墨寫了一紙貶書遞與行者道猴頭執此爲照

再不要你做徒弟了。如再與你相見我就墮了阿鼻地獄。行者連忙接了貶書道。師父。不消發誓。老孫去罷。他將書摺了。留在袖中。却又軟款唐僧道。師父。我也是跟你一場。又蒙菩薩指教。今日半途而廢。不曾成得功果。你請坐受我一拜。我也去得放心。唐僧轉回身不採。口裡唧唧噥噥的道。我是個好和尚。不受你歹人的禮。大聖見他不採。又使個身外法。把腦後毫毛拔了三根。吹口仙氣。叫變。即變了三個行者。連本身四個。四面圍住師父下拜。那長老左右躲不脫。好道也受了一拜。大聖跳起來。把身一抖。收上毫毛。却又分付沙僧道。賢弟。你是個好人。却只要留心防着八戒詰言詰語途中更要仔細。倘一時有妖精拿住師父你就說老孫是他大徒弟。西方毛怪聞我的手段。不敢傷我師父。唐僧道我是個好和尚。不題你這歹人的名字。你回去罷。那大聖見長老三番兩覆。不肯轉意回心沒奈何才去。你看他。

噙淚叩頭辭長老。含悲留意囑沙僧。一頭拭迸坡前草。兩脚登翻地上籐。上天下地如輪轉。跨海飛山第一能。頃刻之間不見影。霎時疾返舊途程。

你看他忍氣別了師父。縱觔斗雲。徑回花果山水簾洞去了。獨自個悽悽慘慘。忽聞得水聲聒耳。大聖在那半空裡看時原來是東洋大海水發的聲响。一見了。又想起唐僧。止不住腮邊淚墜。停雲住步。良久方去。畢竟不知此去。反覆何如。且聽下回分解。

總批

誰家沒有個白骨夫人。安得行者一棒打殺。○世上以功為罪。以德為讐。比比而是。不但行者一個受屈。三藏一人糊塗已也。可為三嘆。

第二十八回

花果山羣妖聚義　黑松林三藏逢魔

却說那大聖雖被唐僧逐赶，然猶思念，感歎不已，早望見東洋大海，道我不走此路者，已五百年矣。只見那海水：

烟波蕩蕩，巨浪悠悠。烟波蕩蕩接天河，巨浪悠悠通地脈。潮來洶湧，水浸灣環。潮來洶湧，猶如霹靂吼三春；水浸灣環，却似狂風吹九夏。乘龍福老，往來必定皺眉行；跨鶴仙童，反覆果然憂慮過。近岸無村社，傍水少漁舟。浪捲千年雪，風生六月秋。野禽憑出沒，沙鳥任沉浮。眼前無釣客，耳畔只聞鷗。海底遊魚樂，天邊過鴈愁。

那行者、將身一縱跳過了東洋大海、早至花果山按落雲頭、睜睛觀看、那山上花草俱無、烟霞盡絕峰巖倒塌林樹焦枯、你道怎麼這等、只因他鬧了天宮、拿上界去、此山被顯聖二郎神、率領那梅山七弟兄、放火燒壞了、這大聖倍加悽慘、有一篇敗山頽景的古風為證、

回顧仙山兩淚垂、對山悽慘更傷悲、當時只道山無損、今日方知地有虧、可恨二郎將我滅、堪嗔小聖把人欺、行兇掘你先靈墓、無干破爾祖墳基、滿天霞霧皆消蕩、徧地風雲盡散稀、東嶺不聞斑虎嘯、西山那見白猿啼、北谿狐兔無蹤跡、南谷獐豝沒影遺、青石燒成千塊土、

碧紗化作一堆泥。洞外喬松皆倚倒。崖前翠柏盡稀少。
椿杉槐檜栗檀焦。桃杏李梅梨棗了。柘絕桑無怎養蠶。
柳稀竹少難栖鳥。峰頭巧石化為塵。澗底泉乾都是草。
崖前土黑沒芝蘭。路畔泥紅藤薜攀。往日飛禽飛那處。
當時走獸走何山。豹嫌蟒惡傾頹所。鶴避蛇回敗壞間。
想是日前行惡念。致今目下受艱難。

那大聖正當悲切。只聽得那芳草坡前。蔓荊凹內。响一聲。跳出七八個小猴。一擁上前。圍住叩頭。高叫道。大聖爺爺。今日來家了。美猴王道。你們因何不耍不頑。一個個都潛踪隱跡。我來多時了。不見你們形影。何也。群猴聽說。一個個並淚告道自大聖擒拿上界我們被獵人之苦着實難捱怎禁他硬弩強弓黃鷹劣犬網扣鎗鈎故此各惜性命不敢出頭頑耍只是深潛洞府遠避窩巢饑去坡前偷草食渴來澗下吸清泉却纔聽得大聖爺爺聲音特來接見伏望扶持那大聖聞得此言愈加悽慘便問你們還有多少在此山上群猴道老者小者只有千把大聖道我當時共有四萬七千群猴如今都往那里去了群猴道自從爺爺去後這山被二郎菩薩點上火燒殺了大半我們蹲在井裡鑽在澗內藏於鐵板橋下得了性命及至火滅烟消出來看時又沒花果養贍難以存活別處又去了一半我

們這一半捱苦的，住在山中，這兩年，又被些打獵的搶了一半去也。行者道，他憑你去何幹。群猴道，說起這獵戶可恨，他把我們中箭着鎗的，中毒打死的，拿了去剝皮剔骨，醬煮醋蒸，油煎鹽炒，當做下飯食用，或有那遭網的遇扯的，夾活兒拿去了，教他跳圈做戲，翻觔斗，豎蜻蜓，當街上篩鑼擂鼓，無所不爲的頑耍。大聖聞此言，更十分惱怒，道洞中有甚麼人執事。群猴道，還有馬流二元帥，奔巴二將軍管着哩。大聖道，你們去報他知道，說我來了。那些小妖撞入門裡報道，大聖爺爺來家了。那馬流奔巴聞報，忙出門叩頭，迎接進洞。大聖坐在中間，群妖羅拜於前，啟道，大

聖爺爺近聞得你得了性命保唐僧往西天取經如何不
走西方却回本山大聖道小的們你不知道那唐三藏不
識賢愚我爲他一路上捉怪擒魔使盡了平生的手段幾
番家打殺妖精他說我行兇作惡不要我做徒弟把我逐
趕回來寫立貶書爲照永不聽用了衆猴鼓掌大笑道造
化造化做甚麽和尚且家來帶携我們耍子幾年罷叫快
安排椰子酒來與爺爺接風大聖道且莫飲酒我問你那
打獵的人幾時來我山上馬流道大聖不論甚麽時
度他逐日家在這里纏擾大聖道他怎麽今日不來馬流
道看待來耶大聖分付小的們都出去把那山上燒酥了

的碎石頭與我搬將起來堆着或二三十個一堆或五六十個一堆堆着我有用處那些小猴都是一窩風一個個跳地擲大亂搬了許多堆集大聖看了教小的們都往洞內藏躲讓老孫作法那大聖上了山嶺看處只見那南半邊鼕鼕鼓響噹噹鑼鳴閃上有千餘人馬都架着鷹犬持着刀鎗猴王仔細着那些人來得兇險好男子真個驍勇但見

狐皮蓋肩頂錦綺裹腰胸袋插狼牙箭胯掛寶雕弓人似搜山虎馬如跳澗龍成羣引着犬滿膀架其鷹荊筐擡火砲帶定海東青粘竿百十擔鋼叉有千根牛頭攔

路網閻王扣子繩一齊亂收喝散撒滿天星、
大聖見那些、人奔上他的山來、心中大怒手裏捻訣、口內
念念有詞往那巽地上吸了一口氣噗的吹將去、便是一
陣狂風好風、但見
揚塵播土、倒樹摧林海浪如山聳、渾波萬疊侵乾坤昏
蕩蕩日月暗沉沉、一陣搖松如虎嘯、忽然入竹似龍吟、
萬竅怒號天噫氣飛砂走石亂傷人、
大聖作起這大風、將那碎石乘風、亂飛亂舞可憐把那些、
千餘人馬一個個
石打得頭粉碎、沙飛海馬俱傷、人參官桂嶺前忙血染

藥名可厭

硃砂地上，附子難歸故里，檳榔怎得還鄉，屍骸輕粉臥山場，紅娘子家中盼望，有詩爲証，

人亡馬死怎歸家，野鬼孤魂亂似麻，可憐抖擻英雄輩，不辨賢愚血染沙，

大聖按落雲頭，鼓掌大笑道，造化造化，自從歸順唐僧做了和尚，他每每勸我話道，千日行善，善猶不足，一日行惡，惡自有餘，眞有此話，我跟着他，打殺幾個妖精，他就怪我行兇，今日來家，却結果了這許多性命，叫小的們出來，那群猴狂風過去，聽得大聖呼喚，一個個跳將出來，大聖道你們去南山下，把那打死的獵戶衣服，剝得來家，洗淨血

綁穿了遮寒把死人的屍首都推在那萬丈深潭內把死倒的馬拖將來剝了皮做靴穿將肉醃着慢慢的食用把那些弓箭鎗刀與你們操演武藝將那雜色旗號收來我用羣猴一個個領諾那大聖把旗拆洗總鬪做一面雜彩花旗上寫着重修花果山復整水簾洞齊天大聖十四字竪起杆子將旗掛於洞外逐日招魔聚獸積草屯糧不題和尚二字他的人情又大手段又高便去四海龍王借些甘霖仙水把山洗青了前栽榆柳後種松柟桃李棗梅無所不備逍遥自在樂業安居不題卻說唐僧聽信狡性縱放心猿攀鞍上馬八戒前邊開路沙僧挑着行李西行過

了自虎嶺、忽見一帶林丘、真個是藤攀葛繞、栢翠松青。三藏叫道、徒弟呀、山路崎嶇、甚是難走、却又松林叢簇、樹木森羅、切須仔細、恐有妖邪妖獸。你看那獃子、抖擻精神、叫沙僧帶着馬、他使釘鈀開路、領唐僧徑入松林之内。正行處、那長老兜住馬道、八戒、我這一日其實饑了、那里尋些齋飯我吃。八戒道、師父請下馬、在此等老猪去尋。長老下了馬、沙僧歇了擔、取出鉢盂、遞與八戒。八戒道、我去也。長老問那里去。八戒道、莫管、我這一去、鑽冰取火尋齋至、壓雪求油化飯來。你看他出了松林、往西行經十餘里、更不曾撞着一個人家、真是有狼虎無人烟的去處。那獃子走得辛苦心內沉吟道當年行者在日老和尚要的就有今日輪到我的身上誠所謂當家纔知柴米價養子方曉父娘恩公道沒去化處他又走得瞌睡上來思道我若就回去對老和尚說沒處化齋他也不信我走了這許多路須是再多幌個時辰纔好去回話也罷也罷且往這草科裡睡睡獃子就把頭拱在草內睡下當時也只說畧倘一倘就起來豈知走路辛苦的人丟倒頭只管齁齁睡起且不言八戒在此熟睡却說長老在那林間耳熱眼跳身心不安急回叫沙僧道悟能去化齋怎麼這早晚還不回沙僧道師父你還不曉得哩他見這西方上人家齋僧的多他

肚子又大他管你甚等他吃飽了纔來哩三藏道正是呀倘或他在那里貪着吃齋我們那里會他天色晚了此間不是個住處須要尋個下處方好哩沙僧道不打緊師父你且坐在這里等我去尋他來三藏道正是正是有齋沒齋罷了只是尋下處要緊沙僧綽了寶杖徑出松林來找八戒長老獨坐林中十分悶倦只得強打精神跳將起來把行李攢在一處將馬拴在樹上摘下戴的斗笠插定了錫杖整一整緇衣徐步幽林權為散悶那長老看遍了野草山花聽不盡歸巢鳥噪原來那林子內都是些草深路小的去處只因他情思紊亂却走錯了他一來也是要散

散悶二來也是要尋八戒沙僧不期他兩個走的是直西路長老轉了一會却走向南邊去了出得松林忽擡頭見那壁廂金光燗爍彩氣騰騰仔細看處原來是一座寶塔金頂放光這是那西落的日色映着那金頂放光他道我弟子却沒緣法哩自離東土發願逢廟燒香見佛拜佛遇塔掃塔那放光的不是一座黄金寶塔怎麽就不曾走那條路塔下必有寺院院內必有僧家且等我走走這行李馬匹料此處無人行走却也無事那裏若有方便處待徒弟們來一同借歇噫長老一時悔氣到了你看他拽開步竟至塔邊但見那

石崖高萬丈山大接青霄根連地厚峰插天高兩邊雜樹數千顆前後藤纏百餘里花映草稍風有影水流雲賞月無根倒木橫擔深澗枯藤結掛光峰石橋下流瀠瀠清泉臺座上長明明白粉遠觀一似三島天堂近看有如蓬萊勝境香松紫竹遶山溪鴉鵲猿猴穿峻嶺洞門外有一來一往的走獸成行樹林裡有或出或入的飛禽作隊青青香草秀艷艷野花開這所在分明是惡境那長老晦氣撞將來

那長老舉步進前纔來到塔門之下只見一個斑竹簾兒掛兒裡面他破步入門揭起來往內就進猛擡頭見那石

床上側睡着一個妖魔，你道他怎生模樣，青靛臉，白獠牙，一張大口呀呀，兩邊亂蓬蓬的鬢毛，却都是些胭脂染色，三面紫巍巍的髭鬚，恍疑是那荔枝排芽，鸚嘴般的鼻兒拱拱，曙星樣的眼兒巴巴，兩個拳頭和尚鉢盂模樣，一雙藍腳懸崖榾柮枒槎，斜披着淡黄袍帳，賽過那織錦袈裟，拿的一口刀，精光耀映，眠的一塊石，細潤無瑕，他也曾小妖排蟻陣，他也曾老怪坐蜂衙，你看他威風凜凜，大家吆喝叫一聲爺，他也曾月作三人壺酌酒，他也曾風生兩腋盞傾茶，你看他神通浩浩，霎着下眼遊遍天涯，荒林喧鳥雀，深莽宿龍蛇，仙

子種田生白玉道人伏火養丹砂、小小洞門雖到不得那阿鼻地獄、楞楞妖怪却就是一個牛頭夜叉、

那長老看見他這般模樣、諕得打了一個倒退、遍體酥麻兩腿酸軟、即忙的抽身便走、剛剛轉了一個身、那妖魔他的靈性、着實是强大、撑開着一雙金睛晃眼、叫聲小的們你看門外是甚麽人、一個小妖就伸頭望門外打一看、看見是個光頭的長老、連忙跑將進去、報道、大王、外面是個和尚哩、團頭大面、兩耳垂肩、嫩刮刮的一身肉、細嬌嬌的一張皮、且是好個和尚、那妖聞言、呵聲笑道、這叫做個蛇頭上蒼蠅、自來的衣食、你衆小的們疾忙赶上去、與我拿

將來，我這里重重有賞。那些小妖，就是一窩蜂，齊齊擁上。三藏見了，雖則是一心忙似箭，兩脚走如飛，終是心驚膽顫，腿軟脚麻。况且是山路崎嶇，林深日暮，步兒那里移得動，被那些小妖平擡將去。正是龍逢淺水遭蝦戲，虎落平洋被犬欺。縱然好事多磨障，誰像唐僧西向時。你看那衆小妖擡得長老，放在那竹簾兒外，懽懽喜喜報聲道：大王拿得和尚進來了。那老妖他也偷眼瞧一瞧，只見三藏頭直上，貌堂堂，果然好一個和尚。他便心中想道：這等好和尚，必是上方人物，不當小可的，若不做個威風，他怎肯服降哩。陡然間就狐假虎威，紅鬚倒豎，血髮朝天，眼睛迸裂

大喝一聲道帶那和尚進來衆妖們大家响响的荅應了
一聲是就把三藏望裡面只是一推這是既在矮簷下怎
敢不低頭三藏只得雙手合着與他見個禮那妖道你是
那里和尚從那里來到那里去快快說明三藏道我本是
唐朝僧人奉大唐皇帝敕命前往西方訪求經偈經過貴
山特來塔下謁聖不期驚動威嚴望乞恕罪待往西方取
得經回東土永註高名也那妖聞言呵呵大笑道我說是
上邦人物果然是你正要吃你哩却來的甚好甚好不然
却不錯放過了你該是我口內的食自然要撞將來就放
也放不去就走也走不脫叫小妖把那和尚拿去綁了果

然那些小妖一擁上前把個長老繩纏索綁縛在那定魂樁上老妖持刀又問道和尚你一行有幾人終不然一人敢上西天三藏見他持刀又老實說道大王我有兩個徒弟叫做猪八戒沙和尚都出松林化齋去了還有一擔行李一匹白馬都在松林內放着裡老妖道又造化了兩個徒弟連你三個連馬四個勾吃一頓了小妖道我們去捉他來老妖道不要出去把前門關了他兩個化齋來一定尋師父吃尋不着一定尋着我門上常言道上門的買賣好做且等慢慢的捉他衆小妖把前門閉了且不言三藏逢災却說那沙僧出林找八戒真有十餘里遠近不曾見

個莊村他却站在高阜上正然觀看只聽得草中有人言語急使杖撥開深草看時原來是獃子在裡面說夢話哩被沙僧揪着耳朵方叫醒了道好獃子阿師父教你化齋許你在此睡覺的那獃子冒冒失失的醒來道兄弟有甚時候了沙僧道快起來師父說有齋沒齋也罷教你我那里尋下住處哩獃子懵懵懂懂的托着鉢盂拑着釘鈀與沙僧徑直回來到林中看時不見了師父沙僧埋怨道多是你這獃子化齋不來必有妖精拿師父也八戒笑道兄弟莫要胡說那林內是個清雅的去處決然沒有妖精想是老和尚坐不住往那里觀風去了我們尋他去來二人

只得牽馬挑擔收拾了斗蓬錫杖出松林尋我師父這一回也是唐僧不該死他兩個尋一回不見忽見那正南下有金光燗灼八戒道兄弟阿有福的只是有福你看師父往他家去了那放光的是座寶塔誰敢怠慢一定要安排齋飯留他在那里受用我們還不走動些也赶上去吃些齋兒沙僧道哥阿定不得吉凶哩我們且去看來二人雄糾糾的到了門前咦閉着門哩只見那門上橫安了一塊白玉石板上鐫着六個大字碗子山波月洞沙僧道哥阿這不是甚麼寺院是一座妖精洞府也我師父在這里也見不得哩八戒道兄弟莫怕你且拴下馬匹守着行李

我問他的信看那獃子舉着鈀上前高叫開門開門那洞內有把門的小妖開了門忽見他兩個的模樣急抽身跑入裡面報道大王買賣來了老妖道那里買賣小妖道洞門外有一個長嘴大耳的和尚與一個晦氣色的和尚來叫門了老妖大喜道是猪八戒與沙和尚尋將來也噫他也會尋哩怎麼就尋到我這門上既然嘴臉兇頑却莫要怠慢了他叫取披掛來小妖擡來就結束了綽刀在手徑出門來却說那八戒沙僧在門前正等只見妖魔來得兇險你道他怎生打扮

青臉紅鬚赤髮飄黃金鎧甲亮光饒裹肚襯腰渠不帶

攀胸勒甲步雲縧間立山前風吼吼悶遊海外浪滔滔
一雙藍靛焦筋手執定追魂取命刀要知此物名和姓
聲揚二字喚黃袍
那黃袍老怪出得門來便問你是那方和尚在我門首吆
喝八戒道我兒子你不認得我我是你老爺我是大唐差往
西天去的我師父是那御弟三藏若在你家內趂早送出
來省了我釘鈀築進去那怪笑道是是有一個唐僧在
我家我也不曾怠慢他安排些人肉包兒與他吃哩你們
也進去吃一個兒何如這獃子認真就要進去沙僧一把
扯住道哥呵他哄你吃你幾時又吃人肉哩獃子卻纔省

悟淨掣釘鈀，望妖怪劈臉就築。那怪物側身躲過，使鋼刀急架相迎。兩個都顯神通，縱雲頭，跳在空中厮殺。沙僧撇了行李白馬，舉寶杖，急急幫攻。此時兩個狠和尚，一個潑妖魔，在雲端裡，這一塲好殺。正是那

杖起刀迎，鈀來刀架。一員魔將施威，兩個神僧顯化。九齒鈀真個英雄，降妖杖誠然兇咤。沒前後，左右齊來；那黃袍公然不怕。你看他蘸鋼刀幌亮如銀，其實神通也爲廣大。只殺得半空中霧繞雲迷，半山裡崖崩嶺咋。一個爲聲名，怎肯干休；一個爲師父，斷然不怕。

他三人在半空中，往往來來，戰經數十回合，不分勝負，各

因性命要緊其實難解難分、

畢竟不知怎救唐僧且聽下回分解

總批

心猿一放就有許多磨折可不慎之真正只有敬字打不破也

第二十九回

脫難江流來國土　承恩八戒轉山林

妄想不復强滅眞如何必希求本原自性佛前修迷悟豈居前後悟卽剎那成正迷而萬劫沉流若能一念合眞修滅盡恒沙罪垢

却說那八戒沙僧與怪鬪經個三十回合不分勝負你道怎麼不分勝負若論賭手段莫說兩個和尚就是二十個也敵不過那妖精只爲唐僧命不該死暗中有那護法神祇保着他空中又有那六丁六甲五方揭諦四値功曹一十八位護教伽藍助着八戒沙僧且不言他三人戰鬪却

說那長老在洞內悲啼。思量他那徒弟。眼中流淚道。悟能呵。不知你在那個村中逢了善友。貪着齋供。悟淨呵。你又不知在那里尋他。可能得會。豈知我遇妖魔。在此受難。幾時得會你們。脫了大難。早赴靈山。正當悲啼煩惱。忽見那洞內走出一個婦人來。扶着定魂樁叫道。那長老。你從何來。為何被他縛在此處。長老聞言。淚眼偷看。那婦人約有三十年紀。遂道。女菩薩。不消問了。我已是該死的。走進你家門來也。要吃。就吃了罷。又問怎的。那婦人道。我不是吃人的。我家離此西下。有三百餘里。那里有座城。叫做寶象國。我是那國王的第三個公主。乳名叫做百花羞（好名字）只因十三年前八月十五日夜玩月中間被這妖魔一陣狂風攝將來與他做了十三年夫妻在此生兒育女杳無音信回朝思量我那父母不能相見你從何來被他拿住唐僧道貧僧乃是差往西天取經者不期閒步悞撞在此如今要拿住我兩個徒弟一齊蒸吃哩那公主陪笑道長老寬心你既是取經的我救得你那寶象國是你西方去的大路你與我稍一封書兒去拜上我那父母我就教他饒了你罷三藏點頭道女菩薩若還救得貧僧命願做稍書寄信人那公主急轉後面卽修了一紙家書封固停當到椿前解放了唐僧將書付與唐僧唐僧得解脫捧書在手道女菩薩

多謝你活命之恩貧僧這一去過貴地定送國王處只恐日久年深你父母不肯相認奈何切莫怪我貧僧打了誑語公主道不妨我父王無子止生我三個姊妹若見此書必有相看之意三藏緊緊袖了家書謝了公主就往外走被公主扯住道前門裏你出不去那些大小妖精都在門外搖旗吶喊擂鼓篩鑼助着大王與你徒弟廝殺哩你往後門裡去罷若是大王拿住還審問審問只恐小妖兒捉了不分好歹挾生兒傷了你的性命等我去他面前說個方便若是大王放了你呵待你徒弟討個示下尋着你一同好走三藏聞言磕了頭謹依分付辭別公主轉往後門

之外，不敢自行，將身藏在荊棘叢中，却說公主娘娘，心生巧計，急往前來，出門外，分開了大小羣妖，只聽得叮叮噹噹，兵刃亂响，原來是八戒沙僧，與那怪在半空裡厮殺哩，這公主厲聲高叫道黃袍郎，那妖王聽得，公主叫喚，即丟（到底是婦人所制還是妖魔狠還是婦人狠）了八戒沙僧，按落雲頭，撇了鋼刀，攙着公主道渾家，有甚話說，公主道，郎君呵，我才時睡在羅幃之內，夢魂中，忽見個金甲神人，妖魔道，那個金甲神，上我門怎的，公主道，是我幼時在宮內，對神暗許下一樁心願，若得招個賢郎駙馬，上名山拜仙府，齋僧佈施，自從配了你，夫妻們懽會，到今不曾題，那金甲神人來討誓愿，喝我醒來，却是南柯一夢因此急整容來郎君處訴知不期那椿上綁着一個僧人萬望郎君慈憫看我薄意饒了那個和尚罷只當與我（老婆替和尚討分上可疑可疑）齋僧還願不知郎君肯否那怪道渾家你却多心哩甚麽打緊之事我要吃人那里不撈幾個吃吃這個把和尚到得那里放他去罷公主道郎君放他從後門裡去罷妖魔道柰煩哩放他去便罷又管他甚麽後門前門哩他遂綽了鋼刀高叫道那猪八戒你過來我不是怕你不與你戰看着我渾家的分上饒了你師父也趁早去後門首尋着他往西方去罷若再來犯我境界斷乎不饒那八戒與沙僧聞得此言就如鬼門關上放回來的一般忙牽馬挑

攛鼠竄而行，轉過那波月洞後門之外，叫聲師父，那長老認得聲音，就在那荊棘中荅應。沙僧就剖開草徑，攙着師父，慌忙的上馬。這里

狼犇險遭青面鬼，慇懃幸有百花羞，
鰲魚脫却金鉤釣，擺尾搖頭逐浪遊。

八戒當頭領路，沙僧隨後，出了那松林，上了大路。你看他兩個嚌嚌嘈嘈，埋埋怨怨，三藏只是解和。遇晚先投宿，雞鳴早看天。一程一程，長亭短亭，不覺的就走了二百九十九里，猛擡頭，只見一座好城，就是寶象國，眞好個處所也。

雲渺渺，路迢迢，地雖千里外，景物一般饒，瑞靄祥烟籠

罩、清風明月招搖、律律崒崒的遠山、大開圖畫、潺潺湲湲的流水、碎濺瓊瑤、可耕的連阡帶陌、足食的密蕙新苗、漁釣的幾家三澗曲、樵採的一擔兩峰椒、廓的廓城的城、金湯鞏固、家的家、戶的戶、只鬪逍遙、九重的高閣如殿宇、萬丈的樓臺似錦標、也有那太極殿、華蓋殿、燒香殿、觀文殿、宣政殿、延英殿、一殿殿的玉陛金階、擺列着文冠武弁、也有那太明宮、昭陽宮、長樂宮、華清宮、建章宮、未央宮、一宮宮的鍾鼓管籥、撇了閨怨春愁、也有禁苑的、露花勻嫩臉、也有御溝的、風柳舞纖腰、通衢上、也有個頂冠束帶的、盛儀容、乘五馬、幽僻中、也有個持弓挾矢的，撥雲霧貫雙鵰，花柳的巷，管絃的樓，春風不讓洛陽橋。取經的長老，回首大唐肝膽裂；伴師的徒弟，息肩小驛夢魂消。

看不盡寶象國的景致。師徒三衆，收拾行李馬匹，安歇館驛中。唐僧步行至朝門外，對閤門大使道：「有唐朝僧人，特來面駕，倒換文牒，乞爲轉奏轉奏。」那黃門奏事官，連忙走至白玉階前奏道：「萬歲，唐朝有個高僧，欲求見駕，倒換文牒。」那國王聞知是唐朝大國，且又說是個方上聖僧，心中甚喜，即時准奏，叫：「宣他進來。」把三藏宣至金階，舞蹈山呼禮畢。兩班文武多官，無不嘆道：「上邦人物，禮樂雍容如此。」

那國王道長老你到我國中何事三藏道小僧是唐朝釋子承我天子敕旨前往西方取經原領有文牒到陛下上國理合倒換故此不識進退驚動龍顏國王道既有唐天子文牒取上來看看三藏雙手捧上去展開放在御案上牒云

南贍部洲大唐國奉天承運唐天子牒行切惟朕以涼德嗣續丕基事神治民臨深履薄朝夕是惴前者失救涇河老龍獲譴于我皇皇后帝三魂七魄倏忽陰司已作無常之客因有陽壽未絕感冥君放送回生廣陳善會修建度亡道場感蒙救苦觀世音菩薩金身出現指

示西方，有佛有經，可度幽亡，超脫孤魂。特着法師玄奘遠歷千山，詢求經偈。倘到西邦諸國，不滅善緣，照牒放行。須知牒者。

大唐貞觀一十三年秋吉日，御前文牒。上有寶印九顆。

國王見了，取本國御寶，用了花押，遞與三藏。三藏謝了恩，收了文牒，又奏道：貧僧一來倒換文牒，二來與陛下寄有家書。國王大喜道：有甚書？三藏道：陛下第三位公主娘娘，被碗子山波月洞黃袍妖攝將去，貧僧偶爾相遇，故寄書來也。國王聞言，滿眼垂淚道：自十三年前，不見了公主，兩班文武官，也不知貶退了多少，宮內宮外，大小牌子太監，

也不知打死了多少，只說是走出皇宮，迷失路徑，無處找
尋，滿城中百姓人家，也盤詰了無數，更無下落，怎知道是
妖精攝了去，今日乍聽得這句話，故此傷情流淚，三藏袖
中取出書來獻上，國王接了，見有平安二字，一發手軟，拆
不開書，傳旨宣翰林院大學士，上殿讀書，學士隨即上殿，
殿前有文武多官，殿後有后妃宮女，俱側耳聽書，學士拆
開朗誦，上寫着，

不孝女百花羞，頓首百拜，

大德父王萬歲龍鳳殿前，暨
三宮母后，昭陽宮下，及舉朝文武賢卿台次，

拙女幸托坤宮感激劬勞萬種不能竭力怡顏盡心奉孝乃於十三年前八月十五日良夜佳辰蒙父王恩旨着各宮排宴賞玩月華共樂清宵盛會正懽娛之間不覺一陣香風閃出個金睛藍面青髮魔王將女擒住駕祥光直帶至半野山中無人處難分難辨被妖倚強霸占為妻是以無奈捱了一十三年產下兩個妖兒盡是妖魔之種論此真是敗壞人倫有傷風化不當傳書玷辱但恐女死之後不顯分明正含怨思憶父母不期唐朝聖僧亦被魔王擒住是女滴淚修書大膽放脫特托寄此片楮以表寸心伏望父

王垂憫遣上將早至碗子山波月洞捉獲黃袍怪救女回朝深爲恩念草草欠恭面聽不一

逆女百花羞再頓首頓首

那學士讀罷家書國王大哭三宮滴淚文武傷情前前後後無不哀念國王哭之許久便問兩班文武那個敢興兵領將與寡人捉獲妖魔救我百花公主連問數聲更無一人敢荅真是木雕成的武將泥塑就的文官（那一國不如此）那國王心生煩惱淚若湧泉只見那多官齊俯伏奏道陛下且休煩惱公主已失至今一十三載無音偶遇唐朝聖僧寄書來此未知的否況臣等俱是凡人凡馬習學兵書武畧止可備

陣安營保國家無侵凌之患那妖精乃雲來霧去之輩不得與他覿面相見何以征救想東土取經者乃上邦聖僧這和尚道高龍虎伏德重鬼神欽必有降妖之術自古道來說是非者就是是非人可就請這長老降妖邪救公主庶爲萬全之策那國王聞言急回頭便請三藏道長老若有手段放法力捉了妖魔救我孩兒回朝也不須上西方拜佛長髮留頭朕與你結爲兄弟同坐龍牀共享富貴如何三藏慌忙啟上道貧僧粗知念佛其實不會降妖國王道你既不會降妖怎麼敢上西天拜佛那長老瞞不過說出兩個徒弟來了奏道陛下貧僧一人實難到此貧僧有

兩個徒弟、善能逢山開路、遇水疊橋、保貧僧到此、國王怪道你這和尚好沒理、既有徒弟、怎麼不與他一同進來見朕若到朝中、雖無中意賞賜、必有隨分齋供、三藏道貧僧那徒弟醜陋、不敢擅自入朝、但恐驚傷了陛下的龍體、國王笑道你看這和尚說話、終不然朕當怕他、三藏道不敢說我那大徒弟、姓猪、名悟能八戒、他生得長嘴獠牙、剛鬃扇耳、身粗肚大、行路生風、第二個徒弟、姓沙、法名悟淨和尚、他生得身長丈二、膊闊三停、臉如藍靛、口似血盆、眼光閃灼、牙齒排釘、他都是這等個模樣、所以不敢擅領入朝國王道你既這等樣說了一遍、寡人怕他怎的、宣進來、隨即着金牌至舘驛相請那獃子聽見來請對沙僧道兄弟你還不敎下書哩這纔見了下書的好處想是師父下了書國王道稍書人不可怠慢一定整治筵宴待他他的食腸不濟有你我之心舉出名來故此着金牌來請大家吃一頓明日好行沙僧道哥阿知道是甚緣故我們且去來遂將行李馬匹俱交付驛丞各帶隨身兵器隨金牌入朝早行到白玉堦前左右立下朝上唱個喏再也不動那文武多官無人不怕都說道這兩個和尚貌醜也罷只是粗俗太甚怎麼見我王更不下拜喏畢平身挺然而立可怪可怪八戒聽見道列位莫要議論我們是這般乍看果有

些醜只是看下些時來却也耐看那國王見他醜陋已是心驚及聽得那獃子說出話來越發膽顫坐不穩跌下龍牀幸有近侍官員扶起慌得個唐僧跪在殿前不住的叩頭道陛下貧僧該萬死萬死我說徒弟醜陋不敢朝見恐傷龍體果然驚了駕也那國王戰兢兢走近前攙起道長老還虧你先說過了若未說猛然見他寡人一定諕殺也國王定性多時便問猪長老沙長老是那一位善於降妖那獃子不知好歹答道老猪會降國王道怎麼樣降八戒道我乃是天蓬元帥只因罪犯天條墮落下世幸今皈正爲僧自從東土來此第一會降的是我國王道既是天將

臨凡必然善能變化八戒道不敢不敢也將就曉得幾個
變化兒國王道你且變一個我看看八戒道請出題目照
依樣子好變國王道變一個大的罷那八戒也有三十六
般變化就在堦前賣弄手段却便捻訣念呪喝一聲叫長
把腰一躬就長有八九丈長却似個開路神一般嚇得那
兩班文武戰戰兢兢一國君臣呆呆掙掙時有鎮殿將軍
問道長老似這等變得身高必定長到甚麽去處纔有止
極那獃子又說出獃話來道看風東風猶可西風也將就
若是南風把把青天也拱箇大窟窿那國王大驚道收了
神通罷曉得是這般變化了八戒把身一縱現了本相侍

立堦前國王又問道長老此去有何兵器與他交戰八戒腰裡掣出鈀來道老猪使的是釘鈀國王笑道可敗壞門面我這里有的是鞭簡爪鎚刀鎗鉞斧劍戟矛鐮隨你選稱手的拿一件去那鈀算做甚麼兵器八戒道陛下不知我這鈀雖然粗夯實是自幼隨身之器曾在天河水府爲帥轄押八萬水兵全仗此鈀之力今臨凡世保護吾師逢山築破虎狼窩遇水掀翻龍蜃穴皆是此鈀國王聞得此言十分懽喜心信即命九嬪妃子將朕親用的御酒整瓶取來權與長老送行遂滿斟一爵奉與八戒道長老這盃酒聊引奉勞之意待捉得妖魔救回小女自有大宴相酬

丁金重謝那猷子接杯在手人物雖是粗鹵行事倒有斯文對三藏唱個大喏道師父這酒本該從你飲起但君王賜我不敢違背讓老猪先喫了助助興頭好捉妖怪那猷子一飲而乾纔斟一爵遞與師父三藏道我不飲酒你兄弟們吃罷沙僧近前接了八戒就足下生雲直上空裡國王見了道猪長老又會騰雲猷子去了沙僧將酒亦一飲而乾道師父那黃袍怪拿住你時我兩個與他交戰只戰個手平今二哥獨去恐戰不過他三藏道正是徒弟呵你可去與他幇幇功沙僧聞言也縱雲赶將起去那國王慌了扯住唐僧道長老你且陪寡人坐坐也莫騰雲了唐僧

道可憐可憐我半步兒也去不得此時二人在殿上敘話不題却說那沙僧趕上八戒道哥哥我來了八戒道兄弟你來怎的沙僧道師父叫我來幫幫功的八戒大喜道說得是來得好我兩個努力齊心去捉那怪物雖不怎的也在此國揚揚姓名你看他

縹緲祥光來國界氤氳瑞氣出京城領王旨意來山洞
努力齊心捉怪靈

他兩個不多時到了洞口按落雲頭八戒掣鈀往那波月洞的門上儘力氣一築把他那石門築了斗來大小的箇窟窿諕得那把門的小妖開門看見是他兩個急跑進去

報道大王不好了那長嘴大耳的和尚與那晦氣色臉的和尚又來把門都打破了那怪驚道這個還是猪八戒沙和尚二人我饒了他師父怎麼又敢復來打我的門小妖道想是忘了甚麼物件來取的老怪咄的一聲道胡纏忘了物件就敢打上門來必有緣故急整束了披掛綽了鋼刀走出來問道那和尚我既饒了你師父你怎麼又敢來打上我門八戒道你這潑怪幹得好事兒老魔道甚麼事八戒道你把寶象國三公主騙來洞內倚强霸占為妻住了一十三載也該還他了我奉國王旨意特來擒你你快快進去自家把繩子綁縛出來還免得老猪動手那老怪

聞言十分發怒、你看屹迸迸咬響鋼牙、滴溜溜睜圓環眼、雄糾糾舉起刀來、赤淋淋攔頭便砍、八戒側身躲過、使釘鈀劈面迎來、隨後又有沙僧舉寶杖、趕上前齊打、這一場在山頭上賭鬬、比前不同、真個是

言差語錯招人惱、意毒情傷怒氣生、這魔王、大鋼刀、着頭便砍、那八戒、九齒鈀、對面迎來、沙悟淨、丟開寶杖、那魔王、抵架神兵、一猛怪、二神僧、來來往往甚消停、這個說、你騙國理該死罪、那箇說、你羅閒事報不平、這個說、你強婚公主傷國體、那個說、不干你事莫閒爭、筭來只爲稍書故、致使僧魔兩不寧、

他們在那山坡前戰經八九個囘合。八戒漸漸不濟將來釘鈀難舉。氣力不加。你道如何這等戰他不過。（好照應）當時初相戰鬭。有那護法諸神爲唐僧在洞。暗助八戒沙僧。故僅得個手平。此時諸神都在寶象國護定唐僧。所以二人難敵那獃子道。沙僧你且上前來與他鬭着。讓老豬出恭來。他就顧不得沙僧。一溜往那蒿草薜蘿荆棘葛藤裡。不分好歹。一頓鑽進。那管刮破頭皮。搠傷嘴臉。一轂轆睡倒。再也不敢出來。但留半邊耳朶聽着梆聲。那怪見八戒走了。就奔沙僧。沙僧措手不及。被怪一把抓住。捉進洞去。小妖將沙僧四馬攢蹄綑住。

畢竟不知端的性命如何，且聽下回分解

總批

一個百花羞，便斷送此魔矣。八戒、沙僧何必又多此開筆。〇那怪尚不是魔主，這百花羞真是個大魔王。人若不信，請名自思之，方知我不作誑語也。

第三十回

邪魔侵正法　意馬憶心猿

却說那怪把沙僧綑住也不來殺他也不曾打他罵也不曾罵他一句綽起鋼刀心中暗想道唐僧乃上邦人物必知禮義終不然我饒了他性命又著他徒弟拿我不成噫這多是我渾家有甚麼書信到他那國裏走了風汛等我去問他一問那怪陡起兇性要殺公主却說那公主不知梳粧方畢移步前來只見那怪怒目攢眉咬牙切齒那公主還陪笑臉迎道郎君有何事這等煩惱那怪咄的一聲罵道你這狗心賤婦全沒人倫我當初帶你到此更無半

說盡婦人情態

點兒說話你穿的錦戴的金缺少東西我去尋四時受用每日情深你怎麼只想你父母更無一點夫婦心那公主聞說嚇得跪倒在地道郎君呵你怎麼今日說起這分離的話那怪道不知是我分離是你分離哩我把那唐僧拿來筭計要他受用你怎麼不先告過我就放了他原來是你背地裏修了書信教他替你傳寄不然怎麼這兩個和尚又來打上我門教還你回去這不是你幹的事公主道郎君你差怪我了我沒有甚書去老怪道你還強嘴哩現拿住一個對頭在此却不是証見公主道是誰老妖道是唐僧第二個徒弟沙和尚原來人到了死處誰肯認死只

得與他放賴公主道郎君且息怒我和你去問他一聲果然有書就打死了我也甘心假若無書却不枉殺了奴奴也那怪聞言不容分說輪開一隻簸箕大小的藍靛手抓住那金枝玉葉的髮萬根把公主揪上前摔在地下執著鋼刀却來審沙僧咄的一聲道沙和尚你兩個輒敢擅打上我們門來可是這女子有書到他那國國王教你們來的沙僧已綑在那里見妖精兇惡之甚把公主摜倒在地持刀要殺他心中暗想道分明是他有書去救了我師父此是莫大之恩我若一口說出他就把公主殺了此却不是恩將仇報罷罷罷想老沙跟我師父一場也沒寸功報

效、今日已是被縛、就將此性命、與師父報了恩罷、遂喝道、那妖怪不要無禮、他有甚麼書來、你這等枉他、要害他性命、我們來此問你要公主、有個緣故、只因你把我師父捉在洞中、我師父曾看見公主的摸樣動靜、及至寶象國、倒換關文、那皇帝將公主畫影圖形、前後訪問、因將公主的形影、問我師父沿途可曾看見、我師父遂將公主說起、他故知是他女兒、賜了我等御酒、教我們來拿你、要他公主還宮、此情是實、何嘗有甚書信、你要殺、就殺了我老沙、不可枉害平人、大虧天理、那妖見沙僧說得雄壯、遂丟了刀、雙手抱起公主道、我一時粗鹵、多有冲撞、莫怪莫怪、遂與他挽了青絲扶上寶髻軟款溫柔怡顔悦色攙㩳著他進去了又請上坐陪禮那公主是婦人家水性見他錯敬遂回心轉意道郎君呵你若念夫婦的恩愛可把那沙僧的繩子畧放鬆些兒老妖聞言即命小的們把沙僧解了繩子鎖在那里沙僧見解縛鎖住立起來心中暗喜道古人云與人方便自己方便我若不方便了他他怎肯教把我鬆放鬆鬆放那老妖又教安排酒席與公主陪禮壓驚吃酒到半酣老妖忽的又换了一件鮮明的衣服取了一口寶刀佩在腰裏轉過手摸著公主道渾家你且在家吃酒看著兩個孩兒不要放了沙和尚趁那唐僧在那國裏我也

婦人見識大足誤事

著眼

趕早兒去認認親也公主道你認甚親老妖道認你父王
我是他駙馬他是我丈人怎麼不去認認公主道你去不
得老妖道怎麼去不得公主道我父王不是馬掙力戰的
江山他本是祖宗遺留的社稷自幼兒是太子登基城門
也不曾遠出沒有你這等兒漢你這嘴臉相貌見生得醜
陋若見了你恐怕嚇了他反爲不美却不如不去認的還
好老妖道既如此說我變個俊的兒去便罷公主道你試
變來我看看好怪物他在那酒席間搖身一變就變做一
個俊俏之人真個生得
形容俊雅體段崢嶸言語多官樣行藏正妙齡才如子

建成詩易貌似潘安擲果輕頭上戴一頂鶡尾冠烏雲斂伏身上穿一件玉羅褶廣袖飄迎足下烏靴花摺腰間鸞帶光明丰神真是奇男子聳壑軒昂美俊英公主見了十分懽喜那怪笑道渾家可是變得好麼公主道變得好變得好你這一進朝呵我父王是親不滅一定著文武多官留你飲宴倘吃酒中間千千仔細萬萬個小心卻莫要現出原嘴臉來露出馬脚走了風汛就不斯文了老怪道不消分付自有道理你看他縱雲頭早到了寶象國按落雲頭行至朝門之外對各門大使道三駙馬特來見駕乞爲轉奏轉奏那黄門奏事官來至白玉堦前奏

道萬歲有三駙馬來見駕現在朝門外聽宣那國王正與唐僧叙話忽聽得三駙馬便問多官道寡人只有兩個駙馬怎麽又有個三駙馬多官道三駙馬必定是妖怪來了國王道可好宣他進來那長老心驚道陛下妖精呵不精者不靈他能知過去未來他能騰雲駕霧宣他也進來不宣他也進來倒不如宣他進來還省些口面國王准奏叫宣那怪直至金階他一般的也舞蹈山呼的行禮多官見他生得俊麗也不敢認他是妖精他都是些肉眼凡胎却當做好人那國王見他聳壑昂霄以爲濟世之梁棟便問他駙馬你家在那里居住是何方人氏幾時得我公主配

合怎麽今日才來認親那老怪叩頭道主公臣是城東碗子山波月庄人家國王道你那山離此處多遠老妖道不遠只有三百里國王道三百里路我公主如何得到那里與你匹配那妖精巧語花言虛情假意的荅道主公微臣自幼兒好習弓馬採獵爲生那十三年前帶領家童數十放鷹逐犬忽見一隻斑斕猛虎身馱着一個女子往山坡下走是微臣兜弓一箭射倒猛虎將女子帶上本庄把溫（原說得好）水溫湯灌醒救了他性命因問他是那里人家他更不曾題公主二字早說是萬歲的三公主怎敢欺心擅自配合當得進上金殿大小討一個官職榮身只因他說是民家

之女微臣才留在庄所女貌郎才兩相情愿故配合至此多年當時配合之後欲將那虎宰了邀請諸親却是公主娘娘教且莫殺其不殺之故有幾句言詞道得甚好說道

（筆幻如此奇矣）

托天托地成夫婦　無媒無証配婚姻　前世赤繩曾繫足　今將老虎做媒人

臣因此言故將虎解了索子饒了他性命那虎帶着箭他（絕妙妖精）跑蹄剪尾而去不知他得了性命在那山中修了這幾年煉體成精專一迷人害人臣聞得昔年也有幾次取經的都說是大唐來的唐僧想是這虎害了唐僧得了他文引變作那取經的模樣今在朝中哄騙主公主公呵那綉墩

上坐的正是那十三年前駄公主的猛虎不是眞正取經之人你看那水性的君王愚迷肉眼不識妖精轉把他一片虛詞當了眞實道賢駙馬你怎的認得這和尚是駄公主的老虎那妖道主公臣在山中吃的是老虎穿的也是老虎與他同眠同起怎麽不認得國王道你既認得可教他現出本相來看怪物道借半盞淨水臣就教他現了本相國王命官取水遞與駙馬那怪接水在手縱起身來走上前使個黑眼定身法念了呪語將一口水望唐僧噴去叫聲變那長老的眞身隱在殿上眞個變作一隻斑斕猛虎此時君臣肉眼觀看那隻虎生得

白額圓頭花身電目．四隻蹄挺直崢嶸．二十爪．鉤彎鋒利鋸牙包口．尖耳連眉．猙獰壯若大猫形．猛烈雄如黃犢樣．剛鬚直直插銀條．刺舌騂騂噴惡氣．果然是隻錦斑斕陣陣威風吹寶殿．

國王一見．魄散魂飛．諕得那多官盡皆躲避．有幾個大胆的武將．領着將軍校尉．一擁上前．使各項兵器亂砍．這一番不是唐僧該有命不死．就是二十個僧人也打爲肉醬．此時幸有丁甲揭諦功曹護教諸神．暗在空中護佑．所以那些人兵器．皆不能打傷．衆臣嚷到天晚．纔把那虎活活的捉了．用鐵繩鎖了．放在鐵籠裡．收于朝房之內那國王却傳旨教光祿寺大排筵宴謝駙馬救拔之恩不然險被那和尚害了當晚衆臣朝散那妖魔進了銀安殿又選十八個宮娥彩女吹彈歌舞勸妖魔飲酒作樂那怪物獨坐上席左右排列的都是那艶質嬌姿你看他受用飲酒至二更時分醉將上來忍不住胡爲跳起身大笑一聲現了本相陡發兇心伸開簸箕大手把一個彈琵琶的女子抓將過來扢咋的把頭咬下一口嚇得那十七個宮娥沒命的前後亂跑亂藏你看那

宮娥悚懼彩女忙驚宮娥悚懼一似雨打芙蓉籠夜雨彩女忙驚就如風吹芍藥逕春風摔碎琵琶顧命跌傷

琴瑟逃生，出門那分南北，離殿不管西東，磕損玉面，撞破嬌容，人人逃命走，各各奔殘生

那些人出去，又不敢吆喝，夜深了，又不敢驚駕，都躲在那短牆簷下，戰戰兢兢不題，却說那怪物坐在上面，自斟自酌，喝一盞，扳過人來血淋淋的啃上兩口，他在裡面受用外面人盡傳道，唐僧是個虎精，亂傳亂嚷，嚷到金亭館驛此時驛裡無人，止有白馬在槽上吃草吃料，他本是西海小龍王，因犯天條，鋸角退鱗，變白馬馱唐僧往西方取經忽聞人講唐僧是個虎精，他也心中暗想道，我師父分明是個好人，必然被怪把他變做虎精，害了師父，怎的好，怎

的好大師兄去得久了八戒沙僧又無音信他只捱到二更時分萬籟無聲却纔跳將起來道我今若不救唐僧這功果休矣休矣他忍不住頓絕韁繩抖鬆鞍轡急縱身忙顯化依然化作龍駕起烏雲直上九霄空裏觀看有詩爲証

三藏西來拜世尊途中偏有惡妖氛今宵化虎災難脫
白馬垂韁救主人

小龍王在半空裡只見金鑾殿內燈燭輝煌原來那八個滿堂紅上點着八根蠟燭按下雲頭仔細看處那妖魔獨自個在上面逼法的飲酒吃人肉哩小龍笑道這厮不濟

走了馬脚識破風汛躧入城裡來吃人可是個長進的却不知我師父下落何如倒遇着這個潑怪且等我去戲他一戲若得手拿住妖精再救師父不遲好龍王他就搖身一變也變做個宮娥眞個身體輕盈儀容嬌媚忙移步走入裡面對妖魔道聲萬福駙馬呵你莫傷我性命我來替你把盞那妖道斟酒來小龍接過壺來將酒斟在他盞中酒比鍾高出三五分來更不漫出這是小龍使的逼水法那怪見了不識心中喜道你有這般手段小龍道還斟得有幾分高哩那怪道再斟上再斟上他舉着壺只情斟那酒只情高就如十層寶塔的一般尖尖滿滿更不漫出些

須那妖物伸過嘴來吃了一鍾扳着婦人吃了一口道會唱麼小龍道也略曉得些見依腔韻唱了一個小曲（妙絶妙絶）又奉了一鍾那怪道你會舞麼小龍道也畧曉得些見但只是素手舞得不好看那妖揭起衣服解下腰間所佩寶劍掣出鞘來遞與小龍小龍接了刀就畱心在那酒席前上三下四左五右六丟開了花刀法那妖看得眼咤小龍丟了花字望妖精劈一刀來（好龍好龍）好妖物側身躲過慌了手脚舉起一根滿堂紅架住寶刀那滿堂紅原是熟鐵打造的連柄有八九十斤兩個出了銀安殿小龍現了本相却駕起雲頭與那妖魔在那半空中相殺這一場黑地裡好殺怎見

得。

那一個是碗子山生成怪物，這個是西洋海罰下的真龍。一個放毫光，如噴白電；一個生銳氣，如迸紅雲。一個好似白牙老象走人間，一個就如金爪狸猫飛下界。一個是擎天玉柱，一個是架海金梁。銀龍飛舞，黃鬼翻騰，左右寶刀無怠慢，往來不歇滿堂紅。

他兩個在雲端裡戰勾八九回合，小龍的手軟筋麻，老魔的身強力壯，小龍抵敵不住，飛起刀去砍那妖怪。妖怪有接刀之法，一隻手接了寶刀，一隻手拋下滿堂紅便打，小龍措手不及，被他把後腿上着了一下，急慌慌按落雲頭，多虧了御水河救了性命小龍一頭鑽下水去那妖魔赶來尋他不見執了寶刀拿了滿堂紅回上銀安殿照舊吃酒睡覺不題却說那小龍潛于水底半箇時辰聽不見聲息方纔咬着牙忍着腿疼跳將起去踏着烏雲徑轉館驛還變作依舊馬匹伏于槽下可憐渾身是水腿有傷痕那時節

意馬心猿都失散金公木母盡凋零黃婆傷損通分別
道義消疎怎得成

且不言三藏逢災小龍敗戰却說那猪八戒從離了沙僧一頭藏在草科裡拱了一個猪渾塘這一覺只睡到半夜

時候纔醒醒來時又不知是甚麼去處摸摸眼定了神思
側耳纔聽噫正是那山深無犬吠野曠少雞鳴他見那星
移斗轉約莫有三更時分心中想道我要回救沙僧誠然
是單絲不線孤掌難鳴罷罷罷我且進城去見了師父奏
准當今再選些驍勇人馬助着老豬明日來救沙僧罷那
獃子急縱雲頭徑回城裡半霎時到了館驛此時人靜月
明兩廊下尋不見師父只見白馬睡在那廂渾身水濕後
腿有盤子大小一點青痕八戒失驚道雙晦氣了這亡人
又不曾走路怎麼身上有汗腿有青痕想是歹人打劫師
父把馬打壞了那白馬認得是八戒忽然口吐人言叫聲

師兄、這馱子嚇了一跌、扒起來往外要走、被那馬探探身、一口咬住皂衣、道哥呵、你莫怕我、八戒戰兢兢的道兄弟你怎麼今日說起話來了、你但說話、必有大不祥之事、小龍道、你知師父有難麼、八戒道、我不知、小龍道、你是不知你與沙僧在皇帝面前弄了本事、思量拿倒妖魔、請功求賞、不想妖魔本領大、你們手段、不濟、禁他不過、好道着一個回來說個信息、是却更不聞音、那妖精變做一個俊俏文人、撞入朝中、與皇帝認了親眷、把我師父變作一個斑斕猛虎、見被眾臣捉住、鎖在朝房鐵籠裡面、我聽得這般苦惱、心如刀割、你兩日又不在、不知、恐一時傷了性命、只得化龍身去救不期到朝裡又尋不見師父及到銀安殿外遇見妖精我又變做個宮娥模樣哄那怪物那怪叫我舞刀他看遂爾留心砍他一刀早被他閃過雙手舉個滿堂紅把我戰敗我又飛刀砍去他又把刀撈了摔下滿堂紅把我後腿上看了一下故此鑽在御水河逃得性命腿上青是他滿堂紅打的八戒聞言道真個有這樣事小龍道莫成我哄你了八戒道怎的好怎的好你可掙得動麼小龍道我掙得動便怎的八戒道你掙得動便掙下海去罷把行李等老豬挑去高老莊上回爐做女婿去呀小龍聞說一口咬住他直裰子那里肯放止不住眼中滴淚道

師兄呵你千萬休生懶惰八戒道不懶惰便怎麼沙兄弟巳被他拿住我是戰他不過不趁此散火還等甚麼小龍沉吟半晌又滴淚道師兄呵莫說散火的話若要救得師父你只去請個人來八戒道叫我請誰麼小龍道你趁早兒駕雲回上花果山請大師兄孫行者來他還有降妖的大法力管教救了師父也與你我報得這敗陣之仇八戒道兄弟另請一個兒便罷了那猴子與我有些不睦前者在白虎嶺上打殺了那白骨夫人他怪我攛掇師父念緊箍兒呪我也只當耍子不想那老和尚任真的念起來就把他趕逐回去他不知怎麼樣的惱我他也決不肯來倘

或言語上畧不相對他那哭喪棒又重假若不知高低撈上幾下我怎的活得成麼小龍道他決不打你他是個有仁有義的猴王你見了他且莫說師父有難只說師父想你哩把他哄將來到此處見這樣個情節他必然不忿斷乎要與那妖精比併管情拿得那妖精救得我師父八戒道也罷也罷你倒這等盡心我若不去顯得我不盡心了我這一去果然行者肯來我就與他一路來了他若不來你却也不要望我我也不來了小龍道你去你去管情他來也眞個獃子收拾了釘鈀整束了直裰跳將起來踏着雲徑往東來這一回也是唐僧有命那獃子正遇順風撐

起兩個耳朶好便似風逢一般早過了東洋大海按落雲頭不覺的太陽星上他却入山尋路正行之際忽聞得有人言語八戒仔細看時原來是行者在山凹裡聚集羣妖他坐在一塊石頭崖上面前有一千二百多猴子分班排班口稱萬歲大聖爺爺八戒道且是好受用且是好受用怪道他不肯做和尚只要來家哩原來有這些好處許大的家業又有這多的小猴伏侍若是老猪有這一座山場也不做甚麼和尚了如今旣到這里却怎麼好必定要見他一見那獃子有些怕他又不敢明明的見他却往草崖邊溜阿溜的溜在那一千二三百猴子當中擠着也跟那

些猴子磕頭不知孫大聖坐得高眼又乖滑看得他明白便問那班部中亂拜的是個夷人是那里來的拿上來說不了那些小猴一窩風把個八戒推將上來按倒在地行者道你是那里來的夷人八戒低着頭道不敢承問了不是夷人是熟人熟人行者道我這大聖部下的羣猴都是一般模樣你這嘴臉生得各樣相貌有些雷堆定是別處來的妖魔既是別處來的若要投我部下先來遞個脚色手本報了名字我好留你在此隨班點扎若不留你你敢在這里亂拜八戒低着頭拱着嘴道不羞就拿出這副嘴臉來了我和你兄弟也做了幾年又推認不得說是甚麼

夷人行者笑道擡起頭來我看那獃子把嘴往上一伸道
你看麼你認不得我好道認得嘴耶行者忍不住笑道猪
八戒他聽見一聲叫就一轂轆跳將起來道正是正是我
是猪八戒他又思量道認得就好說話了行者道你不跟
唐僧取經去却來這里怎的想是你冲撞了師父師父也
貶你回來了有甚貶書拿來我看八戒道不曾冲撞他他
也沒甚麼貶書也不曾赶我行者道既無貶書又不曾赶
你你來我這里怎的八戒道師父想你着我來請你的行
者道他也不請我他也不想我他當日對天發誓親筆寫
了貶書怎麼又肯想我又肯着你遠來請我我斷然也是

不好去的八戒就地扯個慌忙道委是想你委是想你行者道他怎的想我來八戒道師父在馬上正行叫聲徒弟我不曾聽見沙僧又推耳聾師父就想起你來說我們不濟說你還是個聰明伶俐之人常時聲叫聲應問一答十因這般想你轉轉教我來請你的萬望你去走走一則不孤他仰望之心二來也不負我遠來之意行者聞言跳下崖來用手攙住八戒道賢弟累你遠來且和我耍耍兒去八戒道哥呵這個所在路遠恐師父盼望去遲我不耍子了行者道你也是到此一塲看看我的山景何如那獃子不敢苦辭只得隨他走走二人携手相攙槩衆小妖隨後

上那花果山極巔之處，好山，自是那大聖回家這幾日收拾得復舊如新，但見那

青如削翠，高似摩雲，週迴有虎踞龍蟠，四面多猿啼鶴唳，朝出雲封山頂，暮觀日掛林間，流水潺潺鳴玉珮，澗泉滴滴奏瑤琴，山前有崖峰峭壁，山後有花木穠華，上連玉女洗頭盆，下接天河分派水，乾坤結秀賽蓬萊，清濁育成真洞府，丹青妙筆畫時難，仙子天機描不就，玲瓏怪石石玲瓏，玲瓏結彩嶺頭峰，日影動千條紫艷，瑞氣搖萬道紅霞，洞天福地人間有，遍山新樹與新花。

八戒觀之不盡，滿心歡喜道，哥阿，好去處，果然是天下第

一名山行者道賢弟可過得日子麼八戒笑道你看師兄說的話寶山乃洞天福地之處怎麼說度日之言也二人談笑多時下了山只見路傍有幾個小猴捧着紫巍巍的葡萄香噴噴（真好東西）的梨棗黃森森的枇杷紅艷艷的楊梅跪在路傍叫道大王爺爺請進早膳行者笑道我豬弟食腸大却不是以果子作膳的也罷也罷莫嫌菲薄將就吃個兒當點心罷八戒道我雖食腸大却也隨鄉入鄉是拿來拿來我也吃幾個兒嘗新二人吃了果子漸漸日高那獃子恐怕悞了救唐僧只管催促道哥哥師父在那里盼望我和你哩望你和我早早兒去罷行者道賢弟請你往水簾

洞裡去耍耍八戒堅辭道多感老兄盛意奈何師父久等不勞進洞罷行者道既如此不敢久留就請此處奉別八戒道哥哥你不去了行者道我往那里去我這里天不收地不管自由自在不耍子兒做甚麼和尚我是不去你自去罷但上覆唐僧既赶退了再莫想我獃子聞言不敢苦逼只恐逼發他性子一時打上兩棍無奈只得喏喏告辭找路而去行者見他去了即差兩個溜撒的小猴跟着八戒聽他說些甚麼真個那獃子走下山不上三四里路回頭指着行者口裡罵道這個猴子不做和尚倒做妖怪這個猢猻我好意來請他他却不去你不去便罷走幾步又

罵幾聲。那幾個小猴。急跑回來報道。大聖爺爺。那豬八戒不大老實。他走走兒罵幾聲。行者大怒。叫拿將來。那衆猴滿地飛來赶上。把個八戒扛翻倒了。抓鬃扯耳。拉尾揪毛。捉將回去。

畢竟不知怎麽處治。性命死活若何。且聽下回分解。

總批

唐僧化虎。白馬變龍。都是文心極靈極妙。文筆極奇極幻處。做舉子業的秀才。如何有此。有此。亦爲龍虎矣。〇或戲曰。變老虎是和尚家衣鉢。有甚奇處。爲之絕倒。

第三十一回

猪八戒義釋猴王　孫行者智降妖怪

義結孔懷法歸木性金順木馴成正果心猿木母合丹元共登極樂世界同來不二法門經乃修行之總徑佛配自己之元神兄和弟會成三契妖與魔色應五行剪除六門趣即赴大雷音

却說那獃子被一窩猴子捉住了扛擡扯拉把一件直裰子揪破口裡勞勞叨叨的自家念誦道罷了罷了這一去有個打殺的情了不時到洞口那大聖坐在石崖之上罵道你這饢糠的劣貨你去便罷了怎麼罵我八戒跪在地

下道哥呵我不曾罵你若罵你就嚼了舌頭根我只說哥哥不去我自去報師父便了怎敢罵你行者道你怎麼瞞得過我我這左耳往上一扯曉得三十三天人說話我這右耳往下一扯曉得十代閻王與判官算帳你今走路把我罵我豈不聽見八戒道哥呵我曉得你賊頭鼠腦的一定又變作個甚麼東西兒跟着我聽的行者叫小的們選大棍來先打二十個見面孤拐再打二十個背花然後等我使鐵棒與他送行八戒慌得磕頭道哥哥千萬看師父面上饒了我罷行者道我想那師父好仁義兒哩八戒又道哥哥不看師父呵請看海上菩薩之面饒了我罷行者

兒說起菩薩，却又三分兒轉意道兄弟，既這等說，我且不打你，你却老實說，不要瞞我。那唐僧在那里有難，你却來此哄我。八戒道哥呵，沒甚難處，實是想你。行者罵道這個好打的夯貨，你怎麼還要來瞞我。老孫身回水簾洞，心逐取經僧。那師父步步有難，處處該災，你趁早兒告誦我，免打。八戒聞得此言，叩頭上告道哥呵，分明要瞞著你，請你去的。不期你這等樣靈，饒我打，放我起來說罷。行者道也罷，起來說。衆猴撒開手，那獃子跳得起來，兩邊亂張。行者道你張甚麼。八戒道看看那條路兒寬闊，好跑。行者道你跑到那里，我就讓你先走三日，老孫自有本事趕轉你來。

快早說來這一惱發我的性子斷不饒你八戒道實不瞞
哥哥說自你回後我與沙僧保師父前行只見一座黑松
林師父下馬教我化齋我因許遠無一個人家辛苦了略
在草裡睡睡不想沙僧別了師父又來尋我你曉得師父
沒有坐性他獨步林間翫景出得林見一座黃金寶塔放
光他只當寺院不期塔下有個妖精名喚黃袍被他拿住
後邊我與沙僧回尋止見白馬行李不見師父隨尋至洞
口與那怪廝殺師父在洞幸虧了一個救星原是寶象國
王第三個公主被那怪攝來者他修了一封家書托師父
寄去遂說方便解放了師父到了國中遞了書信那國王

就請師父降妖取回公主哥呵你曉得那老和尚可會降妖、我二人復去與戰、不知那怪神通廣大將沙僧又捉了我敗陣而走伏在草中、那怪變做個俊俏文人、入朝與國王認親、把師父變作老虎、又虧了白龍馬夜現龍身去尋師父、師父到不曾尋見、却遇著那怪在銀安殿飲酒、他變一宮娥與他巡酒、舞刀欲乘機而砍、反被他用滿堂紅打傷馬腿、就是他教我來請師兄的、說道師兄是個有仁有義的君子、君子不念舊惡、一定肯來救師父一難、萬望哥哥念一日爲師、終身爲父之情、千萬救他一救、行者道你這個獃子我臨別之時、曾叮嚀又叮嚀、說道若有妖魔捉任師父你就說老孫是他大徒弟怎麽却不說我八戒又思量道請將不如激將等我激他一激道哥呵不說你還好哩只爲說你他一發無狀行者道怎麽說八戒道我說妖精你不要無禮莫害我師父我還有個大師兄叫做孫行者他神通廣大善能降妖他來時教你死無葬身之地那怪聞言越加忿怒罵道是個甚麽孫行者我可怕他他若來我剝了他皮抽了他筋啃了他骨吃了他心饒他猴子瘦我也把他剁鲊著油烹行者聞言就氣得抓耳撓腮暴燥亂跳道是那個敢這等罵我八戒道哥哥息怒是那黃袍怪這等罵來我故學與你聽也行者道賢弟你起來

不是我去不成既是妖精敢罵我我就不能降他我和你去老孫五百年前大鬧天宫普天的神將看見我一個個控背躬身口口稱呼大聖這妖怪無禮他敢背前面後罵我我這去把他拿住碎屍萬段以報罵我之仇報畢我即回來八戒道哥哥正是你只去拿了妖精報了你仇那時來與不來任從尊意那大聖纔跳下崖撞入洞裡脫了妖衣整一整錦直裰束一束虎皮裙執了鐵棒徑出門來慌得那羣猴攔住道大聖爺爺你往那里去帶挈我們耍子幾年也好行者道小的們你說那里話我保唐僧的這椿事天上地下都曉得孫悟空是唐僧的徒弟他到不是赶

我回來倒是教我來家看看送我來家自在耍子如今只
因這件事你們却都要仔細看守家業依時插柳栽松毋
得廢墜待我還去保唐僧取經回東土功成之後仍回來
與你們共樂天真衆猴各各領命那大聖纔和八戒携手
駕雲離了洞過了東洋大海至西岸住雲光叫道兄弟你
且在此慢行等我下海去淨淨身子八戒道忙忙的走路
且淨甚麽身子行者道你那里知道我自從回來這幾日
弄得身上有些妖精氣了師父是個愛乾淨的恐怕嫌我
八戒于此始識得行者是片真心更無他意須臾洗畢復
駕雲西進只見那金塔放光八戒指道那不是黃袍怪家

沙僧還在他家裡行者道你在空中等我下去看看那門前如何好與妖精見陣八戒道不要去妖精不在家行者道我曉得好猴王按落祥光徑至洞門外觀看只見有兩個小孩子在那里使灣頭棍打毛毬搶窩耍子哩一個有十來歲一個有八九歲了正戲處被行者趕上前也不管他是張家李家的一把抓著頂搭子提將過來那孩子吃了驚口裡夾罵帶哭的亂嚷驚動那波月洞的小妖急報與公主道奶奶不知甚人把二位公子搶去也原來那兩個孩子是公主與那怪生的公主聞言忙忙走出洞門來只見行者提著兩個孩子站在那高崖之上意欲往下摜

慌得那公主厲聲高叫道那漢子我與你沒甚相干怎麽把我兒子拿去他老子利害有些差錯決不與你干休行者道你不認得我我是那唐僧的大徒弟孫悟空行者我有個師弟沙和尚在你洞裡你去放他出來我把這兩個孩兒還你似這般兩個換一個還是你便宜那公主聞言急往裡面喝退那幾個把門的小妖親動手把沙僧解了沙僧道（忠厚）公主你莫解我恐你那怪來家問你要人帶累你受氣公主道長老呵你是我的恩人你替我折辯了家書救了我一命我也留心放你不期洞門之外你有個大師兄孫悟空來了叫我放你哩噫那沙僧一聞孫悟空的三

個字好便似醍醐灌頂甘露滋心一面歡天喜滿腔都是春也不似聞得個人來就如拾著一方金玉一般你看他揝手拂衣走出門來對行者施禮道哥哥你眞是從天而降也萬乞救我一救行者笑道你這個沙尼師父念緊箍兒呪可肯替我方便一聲都弄嘴施展要保師父如何不走西方路却在這里蹲甚麼沙僧道哥哥不必說了君子人既往不咎我等是個敗軍之將不可言勇救我救兒罷行者道你上來沙僧纔縱身跳上石崖却說那八戒停立空中看見沙僧出洞即按下雲頭叫聲沙兄弟心忍心忍沙僧欠身道二哥你從那里來八戒道我昨日敗陣夜間

進城會了白馬知師父有難被黃袍使法變做個老虎那白馬與我商議請師兄來的行者道獃子且休敘濶把這兩個孩子你抱著一個先進那寶象城去激那怪來等我在這里打他沙僧道哥阿怎麼樣激他行者道你兩個駕起雲站在那金鑾殿上莫分好歹把那孩子往那白玉堦前一摜有人問你是甚人你便說了黃袍妖精的兒子被我兩個拿將來也那怪聽見管情回來我却不須進城與他鬭了若在城上厮殺必要噴雲噯霧播土揚塵驚擾那朝廷與多官黎庶俱不安也八戒笑道哥哥你但幹事就左我們行者道如何為左你八戒道這兩個孩子被你抓

來已此諕破胆了這一會聲都哭啞再一會必死無疑我若拿他往下一摜摜做個肉陀子那怪赶上肯放定要我兩個償命你却還不是個乾淨人連見証也沒你你都不是左我們行者道他若扯你你兩個就與他打將這里來這里有戰塲寬濶我在此等候打他沙僧道正是正是大哥說得有理我們去來他兩個纔倚仗威風將孩子拿去行者即跳下石崖到他塔門之下那公主道你這和尚全無信義你說放了你師弟就與我孩兒怎麼你師弟放去把我孩兒又留反來我門首做甚行者陪笑道公主休怪你來的日子已久帶你令郎去認他外公去哩公主道和

尚莫無禮。我那黃袍郎比衆不同。你若饒了我的孩兒與
他棚棚鶯是。行者笑道。公主呵。爲人生在天地之間。怎麼
便是得罪。公主道。我曉得。行者道。你女流家。曉得甚麼。公
主道我自幼在宮曾受父母教訓。記得古書云。五刑之屬
孫行者
着實講道學
三千而罪天大于不孝。行者道。你正是個不孝之人。蓋父
兮生我母行鞠我。哀哀父母。生我劬勞。故孝者。百行之原。
萬善之本。却怎麼將身陪伴妖精。更不思念父母。非得不
孝之罪如何。公主聞此正言。半晌家耳紅面赤。慚愧無地
忽失口道。長老之言最善。我豈不思念父母。只因這妖精
將我攝騙在此。他的法令又謹。我的步履又難。路遠山遙

無人可傳音信欲要自盡又恐父母疑我逃走事終不明
故没奈何苟延殘喘誠爲天地間一大罪人也說罷淚如
泉湧行者道公主不必傷悲猪八戒曾告訴我說你有一
封書曾救了我師父一命你書上也有思念父母之意老
孫來管與你拿了妖精帶你回朝見駕别尋個佳偶侍奉
雙親到老你意如何公主道和尚呵你莫要尋死昨日你
兩個師弟那樣好漢也不曾打得過我黄袍郎你這般一
個觔多骨少的瘦鬼一似個螃蟹模樣骨頭都長在外面
有甚本事你敢說拿妖魔之話行者笑道你原來没眼色
認不得人俗語云尿泡雖大無斤兩秤鉈雖小壓千斤他

們相貌空大無用走路抗風穿衣費布種火心空頂門腰軟吃食無功自老孫小自小鍛節那公主道你真個有手段麽行者道我的手段你是也不曾看見絕會降妖極能伏怪公主道你却莫悞了我耶行者道決然不悞你公主道你既會降妖伏怪如今却怎樣拿他行者說你且廻避廻避莫在我這眼前倘他來時不好動手脚只恐你與他情濃了捨不得他公主道我怎的捨不得他其稽留于此者不得已耳行者道你與他做了十三年夫妻豈無情意我若見了他不與他兒戲一棍便是一棍一拳便是一拳須要打倒他纔得你回朝見駕那公主果然依行者之言

往僻靜處躲避。也是他姻緣該盡。故遇著大聖來臨。那猴王把公主藏了。他却摇身一變。就變做公主一般模樣。回轉洞中。專候那怪。却說八戒沙僧把兩個孩子。拿到寶象國中。往那白玉堦前捽下。可憐都摜做個肉餅相似。鮮血迸流。骨骸粉碎。慌得那滿朝多官報道不好了。不好了。天上摜下兩個人來了。八戒厲聲高叫道那孩子是黃袍妖精的兒子。被老猪與沙弟拿將來也。那怪還在銀安殿宿酒未醒。正睡夢間聽得有人叫他名字。他就翻身擡頭觀看。只見那雲端裡是猪八戒沙和尚二人吆喝。妖怪心中暗想道猪八戒便也罷了。沙和尚是我綁在家裡。他怎麼

得出來、我的渾家怎麼肯放他我的孩兒怎麼得到他手、
這怕是猪八戒不得我出去與他交戰故將此語來驕我、
我若認了這個泛頭就與他打呵噎我卻還害酒哩、假若
被他築上一鈀、卻不滅了這個威風、識破了那個關竅、且
等我回家看看是我的兒子、不是我的兒子、再與他說話
不遲、好妖怪他也不辭王駕轉山林、徑去洞中查信息此
時朝中已知他是個妖怪了、原來他夜裡吃了一個宮娥、
還有十七個脫命去的五更時奏了國王、說他如此如此、
又因他不辭而去、越發知他是怪那國王即著多官看守
猴
著假老虎不題、卻說那怪徑回洞口、行者見他來時設法

哄他把眼擠了一擠撲漱漱淚如雨落兒天兒地的跌脚搥胸于此洞裡嚎咷痛哭那怪一時間那里認得上前摟住道渾家你有何事這般煩惱那大聖編成的鬼話捏出的虛詞淚汪汪的告道郎君呵常言道男子無妻財沒主婦女無夫身落空你昨日進朝認親怎不回來今早被猪八戒劫了沙和尚又把我兩個孩兒搶去是我苦告更不肯饒他說拿去朝中認認外公這半日不見孩兒又不知存亾如何你又不見來家教我怎生割捨故此止不住傷心痛哭那怪聞言心中大怒道真個是我的兒子行者道正是被猪八戒搶去了那妖魔氣得亂跳道罷了罷了我

兒被他摜殺了。已是不可活了。只好拿那和尚來。與我兒子償命報仇罷渾家。你且莫哭。你如今心裡覺道怎麽。且醫治一醫治。行者道我不怎的只是捨不得孩兒哭得我有些心疼。妖魔道不打緊快請起來我這里有件寶貝。只在你那疼上摸一摸兒就不疼了。却要仔細休使大指兒彈著若使大指兒彈著呵就看出我本相來了。行者聞言心中暗笑道這潑怪。倒也老實不動刑法。就自家供了。等他拿出寶貝來。我試彈他一彈看他是個甚麼妖怪。那怪携著行者。一直行到洞裡深遠密閉之處。却從口中吐出一件寶貝有鷄子大小。是一顆舍利子玲瓏内丹。行者心中暗喜道好東西耶。這件物不知打了多少坐工。煉了幾年魔難。配了幾轉雌雄。煉成這顆內丹舍利。今日大有緣法遇著老孫。那猴子拿將過來。那里有甚麼疼處。特故意模了一模。一指頭彈將去。那妖慌了。劈手來搶。你思量那猴子好不溜撒。把那寶貝一口吸在肚裡。那妖魔搯著拳頭就打。被行者一手隔住。把臉抹了一抹。現出本相道聲妖怪不要無理。你且認認看我是誰。那妖怪見了。大驚道。呀。渾家。你怎麼拿出這一副嘴臉來。那行者罵道我把你這個潑怪。誰是你渾家。連你祖宗也還不認得哩。那怪忽然省悟道。我想有些認得你哩。行者道。我且不打你。你再

那家渾家沒有這副嘴臉

認認看那怪道我雖見你眼熟一時間都想不起姓名你
果是誰從那里來的你把我擄貧估倒在何處都來我家
詐誘我的寶貝著實無理可惡行者道你是也不認得我
我是唐僧的大徒弟叫做孫悟空行者我是你五百年前
的舊祖宗哩那怪道沒有這話沒有這話我拿住唐僧時
止知他有兩個徒弟叫做豬八戒沙和尚何曾見有人說
個姓孫的你不知是那里來的個怪物到此騙我行者道
我不曾同他二人來是我師父因老孫慣打妖怪殺傷甚
多他是個慈悲好善之人將我逐回故不曾同他一路行
走你是不知你祖宗姓名那怪道你好不丈夫呵既受了

師父趕逐却有甚麼嘴臉又來見人行者道你這個潑怪豈知一日為師終身為父父子無隔宿之仇你今害我師父我怎麼不來救他你害他便也罷却又背前面後罵我是怎的說妖怪道我何嘗罵你行者道是猪八戒說的那怪道你不要信他那個猪八戒尖著嘴有些會小老婆舌頭你怎聽他行者道且不必講此閑話只說老孫今日到你家裡你好怠慢了遠客雖無酒饌款待頭却是有的快快將頭伸過來等老孫打一棍兒當茶那怪聞得說打呵呵大笑道孫行者你差了計較了你既說要打不該跟我進來我這里大小羣妖還有百十餘你滿身是手也打不

出我的門去。行者道。不要胡說。莫說百十個。就有幾千幾萬。只要一個個查明白了。好打。棍棍無空。教你斷根絕蹤。那怪聞言。急傳號令。把那山前山後羣妖。洞裡洞外諸怪一齊點起。各執器械。把那三四層門。密密攔阻不放。行者見了。滿心懽喜。雙手理棍。喝聲叫變。變的三頭六臂。把金箍棒幌一幌。變做三根金箍棒。你看他六隻手。使著三根棒。一路打將去。好便似虎入羊羣。鷹來鷄柵。可憐那小怪攩著的頭如粉碎。刮著的血似水流。往來縱橫。如入無人之境。止剩一個老妖。赶出門來。罵道。你這潑猴。其實憊懶。怎麼上門來欺負人家。行者急回頭。用手招呼道。你來。你

來打倒你纔是功績那怪物舉寶刀分頭便砍好行者掣
鐵棒覿面相迎這一塲在那山頂上半雲半霧的殺哩
大聖神通大妖魔本事高這個橫理生金棒那個斜舉
蘸鋼刀悠悠刀起明霞亮輕輕棒架彩雲飄往來護頂
翻多次返復渾身轉數遭一個隨風更面目一個立地
把身搖那個大睜火眼伸猿膊這個明幌金睛折虎腰
你來我去交鋒戰刀迎棒架不相饒猴王鉄棍依三略
怪物鋼刀按六韜一個慣行手段為魔主一個廣施法
力保唐僧猛烈的猴王添猛烈英豪的怪物長英豪死
生不顧空中打都為唐僧拜佛遥

他兩個戰有五六十合不分勝負行者心中暗喜道這個
潑怪他那口刀倒也抵得住老孫的這根棒等老孫丟個
破綻與他看他可認得好猴王雙手舉棍使一個高探馬
的勢子那怪不識是計見有空兒舞著寶刀徑奔下三路
砍被行者急轉個大中平挑開他那口刀又使個葉底偷
桃勢望妖精頭頂一棍就打得他無影無踪急收棍子看
處不見了妖精行者大驚道我兒呵不禁打就打得不見
了果是打死好道也有些膿血如何沒一毫踪影想是走
了急縱身跳在雲端裡看處四邊更無動靜老孫這雙眼
睛不管那里一抹都見却怎麽走得這等溜撒我曉得了

那怪說有些兒認得我想必不是凡間的怪多是天上來的精那大聖一時忍不住怒發掣著鐵棒打個觔斗只跳到南天門上慌得那龐劉茍畢張陶鄧辛等衆兩邊躬身控背不敢攔阻讓他打入天門直至通明殿下早有張葛許丘四大天師問道大聖何來行者道因保唐僧至寶象國有一妖魔欺騙國女傷害吾師老孫與他賭鬭正鬭間不見了這怪想那怪不是凡間之怪多是天上之精特來查看那一路走了甚麼妖神天師聞言即進靈霄殿上啟奏蒙差查勘九曜星官十二元辰東西南北中央五斗河漢羣臣五岳四瀆普天神聖都在天上更無一個敢離方

位又查那斗牛宮外二十八宿顛倒只有二十七位內獨少了奎星天師回奏道奎木狼下界了玉帝道多少時不在天了天師道四卯不到三日點卯一次今已十三日了玉帝道天上十三日下界已是十三年即命本部收他上界那二十七宿星員領了旨意出了天門各念咒語驚動奎星你道他在那里躲避他原來是孫大聖大鬧天宮時打怕了的神將閃在那山澗裡潛災被水氣隱住妖雲所以不曾看見他聽得本部星員念呪方敢出頭隨衆上界被大聖攔住天門要打幸虧衆星勸住押見玉帝那怪腰間取出金牌在殿下叩頭納罪玉帝道奎木狼上界有無

邊的勝景你不受用卻私走下方何也奎宿叩頭奏道萬歲赦臣死罪那寶象國王公主非凡人也他本是披香殿侍香的玉女因欲與臣私通臣恐點汚了天宮勝景他思凡先下界去托生于皇宮內院是臣不負前期變作妖魔占了名山攝他到洞府與他配了一十三年夫妻一飲一啄莫非前定今被孫大聖到此成功玉帝聞言收了金牌貶他去兜率宮與太上老君燒火帶俸差操有功復職無功重加其罪行者見玉帝如此發放心中歡喜朝上唱個大喏又向衆神道列位起動了天師笑道那個猴子還是這等村俗替他收了怪神也倒不謝天恩卻就就唱喏而

退玉帝道只得他無事落得天上清平是幸那大聖按落
祥光徑轉碗子山波月洞尋出公主將那思凡下界收妖
的言語正然陳訴只聽得半空中八戒沙僧厲聲高叫道
師兄有妖精留幾個兒我們打耶行者道妖精已盡絶矣
沙僧道既把妖精打絶無甚罣礙將公主引入朝中去罷
不要睜眼兄弟們使個縮地法來那公主只聞得耳內風
聲响霎時間徑回城裡他三人將公主帶上金鑾殿上那
公主參拜了父王母后會了姊妹各官俱來拜見那公主
纔啟奏道多虧孫長老法力無邊降了黄袍怪救奴回國
那國王問曰黄袍是個甚怪行者道陛下的駙馬是上界

的奎星令愛乃侍香的玉女因思凡降落人間不非小可都因前世前緣該有這些姻眷那怪被老孫上天宮啟奏玉帝玉帝查得他四卯不到下界十三日就是十三年了蓋天上一日下界一年隨差本部星宿收他上界貶在兠率宮立功去訖老孫卻救得令愛來也那國王謝了行者的恩德便教看你師父去來他三人徑下寶殿與衆官到朝房裡擡出鉄籠將假虎解了鉄索別人看他是虎獨行者看他是人原來那師父被妖術魘住不能行走心上明白只是口眼難開行者笑道師父你是個好和尚怎麼弄出這般個惡模樣來也你怪我行兇作惡趕我回去你

要一心向善。怎麽一旦弄出個這等嘴臉。八戒道。哥呵。救他救兒罷。不要只管揭挑他了。行者道。你凡事攛唆是他個得意的好徒弟。你不救他。又尋老孫怎的、原與你說來待降了妖精。報了罵我之仇。就回去的、沙僧近前跪下道哥呵。古人云。不看僧面看佛面。兄長既是到此。萬望救他一救。若是我們能救。也不敢許遠的來奉請你也。行者用手攙起道。我豈有安心不救之理。快取水來。那八戒飛星去驛中。取了行李馬匹。將紫金鉢盂取出。盛水半盂。遞與行者、行者接水在手。念動眞言。望那虎劈頭一口噴上。退了妖術。解了虎氣。長老現了原身。定性睜眼。纔認得是行者一把撾住道悟空你從那里來也沙僧侍立左右把那請行者降妖精救公主解虎氣弁回朝上項事備陳了一遍三藏謝之不盡道賢徒虧了你也虧了你也這一去早詣西方徑回東土奏唐王你的功勞第一行者笑道莫說莫說但不念那話兒足感愛厚之情也國王聞此言又勸謝了他四衆整治素筵大開東閣他師徒受了皇恩辭王西去國王又率多官遠送這正是

君回寶殿定江山　僧去靈音參佛祖

畢竟不知此去又有甚事幾時得到西天且聽下回分解

總評

可笑奎木狼不到天上點卯反在公主處點卯或戲曰世上有那一個不在老婆處點卯的為之噴飯滿家。

第三十二回

平頂山功曹傳信　蓮花洞木母逢災

話說唐僧復得了孫行者、師徒們一心同體、共詣西方、自寶象國救了宫主、承君臣送出城西、說不盡沿路饑飡渴飲、夜住曉行、却又值三春景候、那時節、

輕風吹柳綠如絲、佳景最堪題、時催鳥語、煖烘花發遍地芳菲、海棠庭院來雙燕、正是賞春時、紅塵紫陌、綺羅絃管、鬬草傳巵、

師徒正行賞間、又見一山擋路、唐僧道、徒弟們仔細、前邊山高、恐有虎狼阻擋、行者道、師父、出家人莫說在家話、

記得那烏巢和尚的心經云、心無圭碍無罣碍、方無恐怖、遠離顛倒夢想之言、但只是掃除心上垢、洗淨耳邊塵、不受苦中苦、難爲人上人、你莫生憂慮、但有老孫、就是塌下天來、可保無事、怕甚麽虎狼、長老勒回馬道、我

當年奉旨出長安、只憶西來拜佛顏、舍利國中金像彩、浮屠塔裡玉毫斑、尋窮天下無名水、歷徧人間不到山、逐逐煙波重疊疊、幾時能勾此身閒、

行者聞說、笑呵呵道、師要身閒、有何難事、若功成之後、萬緣都罷、諸法皆空、那時節自然而然、却不是身閒也、長老聞言、只得樂以忘憂、放轡催銀騮、兜韁趲玉龍、師徒們上

待山來、十分險峻真個嵯峨好山、
巍巍峻嶺、削削尖峰、灣環深澗下、孤峻陡崖邊、灣得深
澗下只聽得吻喇喇戲水蟒翻身、孤峻陡崖邊但見那
崒嵂嵂出林虎剪尾、往上看巒頭、突兀透青霄、回頭觀
壑下深沉鄰碧落、上高來似梯似凳、下低行如塹如坑、
真個是古怪山峰嶺、果然是連尖削壁崖、巔峰嶺上採
藥人尋思怕走、削壁崖前打柴夫寸步難行、胡羊野馬
亂攛梭、狡兔山牛如佈陣、山高蔽日遮星斗、時逢妖獸
與蒼狼、草徑迷漫難進馬、怎得雷音見佛王、
長老勒馬觀山、正在難行之處、只見那綠莎坡上竚立著

一個樵夫、你道他怎生打扮、

頭戴一頂老藍氈笠、身穿一領毛皂納衣、老藍氈笠、遮煙蓋日果稀奇、毛皂納衣、樂以忘憂真罕見、手持鋼斧快磨明、刀伐乾柴收束穩、擔頭春色、幽然四序融融、身外閑情、常是三星澹澹、到老只于隨分過、有何榮辱暫關心

那樵子

正在坡前伐朽柴、忽逢長老自東來、停柯住斧出林外、趨步將身上石崖

對長老厲聲高叫道、那西進的長老、暫停片時、我有一言

奉告此山有一夥毒魔狠怪專吃那東來西去的人兒長老聞言魂飛魄散戰兢兢坐不穩雕鞍急回頭忙呼徒弟道你聽那樵夫報道此山有毒魔狠怪誰敢去細問他一問行者道師父放心等老孫去問他一個端的好行者披開步徑上山來對樵子叫聲大哥道個問訊樵夫答禮道長老呵你們有甚緣故來此行者道不瞞大哥說我們是東土差來西天取經的那馬上是我的師父他有些胆小適蒙見教說有甚麼毒魔狠怪故此我來奉問一聲那魔是幾年之魔怪是幾年之怪還是個把勢還是個雛兒煩大哥老實說說我好著山神土地遞解他起身樵子聞言

仰天大笑道你原來是個風和尚行者道我不風阿這是老實話樵子道你說是老實便怎敢說把他遞解起身行者道你這等長他那威風胡言亂語的攔路報信莫不是與他有親不親必隣不隣必友樵子笑道你這個風潑和尚忒沒道理我到是好意特來報與你們教你們走路時早晚間防備你到轉賴在我身上且莫說我不曉得妖魔出處就曉得呵你敢把他怎麼的遞解解往何處行者道若是天魔解與玉帝若是土魔解與土府西方的歸佛東方的歸聖北方的解與真武南方的解與火德是蛟精解與海主是鬼祟解與閻王各有地頭方向我老孫到處是

人熱發一張批文把他連夜解著飛跑那樵子止不住呵呵冷笑道你這個風潑和尚想是在方上雲遊學了些書符咒水的法術只可驅邪縛鬼還不曾遇見這等狠毒的怪哩行者道怎見他狠毒樵子道此山徑過有六百里遠近名喚平頂山山中有一洞名喚蓮花洞洞裡有兩個魔頭他畫影圖形要捉和尚抄名訪姓要吃唐僧你若別處來的還好但犯了一個唐字兒莫想去得去得行者道我們正是唐朝來的樵子道他正要吃你們哩行者道造化造化但不知他怎的樣吃哩樵子道你要他怎的吃行者道若是先吃頭還好耍子若是先吃脚就難為了樵子道

先吃頭怎麼說先吃脚怎麼說行者道你還不曾經着哩若是先吃頭一口將來咬下我已死了憑他怎麼煎炒熬煮我也不知疼痛若是先吃脚他啃了孤拐嚼了腿亭吃到腰截骨我還急忙不死却不是零零碎碎受苦此所以難爲也樵子道和尚他那里有這許多工夫只是把你拿住綑在籠裡囫圇蒸吃了行者笑道這個更好更好疼倒不忍疼只是受些悶氣罷了樵子道和尚不要調嘴那妖怪隨身有五件寶貝神通極大極廣就是擎天的玉柱架海的金梁若保得唐朝和尚去也須要發發昏哩行者道發幾個昏麼樵子道要發三四個昏哩行者道不打緊不

打緊我們一年常發七八百個昏兒這三四個昏兒易得發發發兒就過去了好大聖全然無懼一心只是要保唐僧捽脫樵夫拽步而轉徑至山坡馬頭前道師父沒甚大事有便有個把妖精兒只是這里人胆小放他在心上有我哩怕他怎的走路走路長老見說只得放懷隨行正行處早不見了那樵夫長老道那報信的樵子如何就不見了八戒道我們造化低撞見日裡鬼了行者道想是他鑽進林子裡尋柴去了等我看看來好大聖睜開火眼金睛漫山越嶺的望處卻無蹤跡忽擡頭往雲端裡一看看見是日值功曹他就縱雲赶上罵了幾聲毛鬼道你怎麼有

話不來直說却那般變化了演樣老孫慌得那功曹施禮道大聖報信來遲勿罪勿罪那怪果然神通廣大變化多端只看你騰那乖巧運動神機仔細保你師父假若怠慢了些兒西天路莫想去得行者聞言把功曹叱退切切在心按雲頭徑來山上只見長老與八戒沙僧簇擁前進他却暗想我若把功曹的言語實實告誦師父師父他不濟事必就哭了假若不與他實說夢著頭帶著他走常言道乍入蘆圩不知深淺倘或被妖魔撈去却不又要老孫費心且等我照顧八戒一照顧先著他出頭與那怪打一仗看若是打得過他就筭他頭功若是沒手段被怪拿去等

老孫再去救他不遲、却好顯我本事出名正自家計較以心問心道、只恐八戒躲懶便不肯出頭師父又有些護短等老孫羇勒他羇勒、好大聖你看他弄個虛頭、把眼揉了一揉、揉出些淚來、迎著師父往前逕走、八戒看見連忙叫沙和尚歇下擔子、拿出行李來、我兩個分了罷、沙僧道二哥分怎的、八戒道分了、罷你往流沙河還做妖怪、老豬往高老庄上、盻盻渾家、把白馬賣了、買口棺木與師父送老、大家散火還往西天去哩、長老在馬上聽見道這個夯貨正走路怎麼又胡說了、八戒道你兒子便胡說你不看見孫行者那里哭將來了、他是個鑽天入地斧砍火燒下油鍋都不怕的好漢如今戴了個愁帽淚汪汪的哭來必是那山險峻妖怪兇狠似我們這樣軟弱的人兒怎麽去得長老道你且休胡談待我問他一聲看是怎麽長老問道悟空有甚話當面計較你怎麽自家煩惱這般樣個哭苦臉是虎諕我也行者道師父阿剛纔那個報信的是值日功曹他說妖精兇狠此處難行果然的山高路峻不能前進改日再去罷長老聞言恐惶悚懼扯住他虎皮裙子道徒弟啞我們三停路已走了停半因何說退悔之言行者道我沒個不盡心的但只恐魔多力弱行勢孤单總然是塊鉄下爐能打得幾根釘長老道徒弟阿你也說得是果

然一個人也難兵書云寡不可敵衆我這里還有八戒沙
僧都是徒弟憑你調度使用或爲護將幇手協力同心掃
淸山徑領我過山却不都還了正果那行者這一塲扭揑
只鬬出長老這幾句話來他揾了淚道師父呵若要過得
此山須是猪八戒依得我兩件事兒纔有三分去得假若
不依我言替不得我手半分兒也莫想過去八戒道師兄
不去就散火罷不要攀我長老道徒弟且問你師兄看他
教你做甚麽獃子眞個對行者說道哥哥你教我做甚事
行者道第一件是看師父第二件是去廵山八戒道看師
父是坐廵山去是走終不然教我坐一會又走走一會又

坐兩處怎麽顧盻得來行者道不是教你兩件齊幹只是領了一件便罷八戒又笑道這等也好計較但不知看師父是怎樣巡山是怎樣你先與我講講等我依個相應些兒的去幹罷行者道看師父呵師父去出恭你伺候師父要走路你扶持師父要吃齋你化齋若他餓了些兒你該打黄了些兒臉皮你該打瘦了些兒形骸你該打八戒慌了道這個難難難伺候扶持通不打緊就是不離身馱著也還容易假若教我去鄉下化齋他道西方路上不識我是取經的和尚只道是那山裡走出來的一個半壯不壯的健猪夥上許多人叉鈀掃箒把老猪圍倒拿家夫宰了

隨着過年這個却不就遭瘟了行者道巡山去罷八戒道巡山便怎麽樣見行者道就入此山打聽有多少妖怪是甚麽山是甚麽洞我們好過去八戒道這個小可老猪去巡山罷那獃子就撒起衣裙挺着釘鈀雄糾糾徑入深山氣昂昂奔上大路行者在傍忍不住嘻嘻冷笑長老罵道你這個潑猴兄弟們全無愛憐之意常懷疾妬之心你做出這樣獐智巧言令色撮弄他去甚麽巡山却又在這里笑他行者道不是笑他我這笑中有味你看猪八戒這一去决不巡山也不敢見妖怪不知往那里去躲閃半會揑一個謊來哄我們也長老道你怎麽就曉得他行者道我

估出他是這等不信等我跟他去看看聽他一聽一則幫
副他手段降妖二來看他可有個誠心拜佛長老道好好
好你却莫去捉弄他行者應諾了徑直赶上山坡搖身一
變變作個蟭蟟虫兒其實變得輕巧但見他
翅薄舞風不用力腰尖細小如針穿蒲抹草過花陰疾
似流星還甚眼睛明映映聲氣渺瘖瘖昆虫之類惟他
小亭亭欵欵機深幾番閑日歇幽林一身渾不見千眼
莫能尋
嚶的一聲飛將去赶上八戒釘在他耳躲後面鬃根底下
那獃子只會走路怎知道身上有人行有七八里路把釘

鈀撇下，吊轉頭來，望着唐僧指手畫腳的罵道：你罷軟的
老和尚，提掐的弼馬溫，面弱的沙和尚，他都在那里自在，
提弄我老猪來蹡路。大家取經，都要望成正果，偏是教我
來巡甚麽山。哈哈哈，曉得有妖怪，躲着些兒走，還不勾一
半，却教我去尋他，這等悔氣哩。我往那裡睡覺去，睡一覺
回去，含含糊糊的答應他，只說是巡了山，就了其帳也。那
獃子一時間僥倖，搴著鈀又走，只見山凹裡一個紅草坡，
他一頭鑽得進去，使釘鈀撲個地鋪，轂轆的睡下，把腰伸
了一伸，道聲快活，就是那弼馬溫，也不得相我這般自在。
原來行者在他耳根後，句句兒聽着哩，忍不住，飛將起來，

又提弄他一提弄又搖身一變變作個啄木虫兒但見
鐵嘴尖尖紅溜翠翎艷艷光明一雙鋼爪利如釘腹餒何妨林靜最愛枯槎朽爛偏嫌老樹伶仃圓睛決尾性丢靈辟剝之聲堪聽

這虫鷺不大不小的上秤稱只有二三兩重紅銅嘴黑鐵脚刷刺的一翅飛下來那八戒丢倒頭正睡着了被他照嘴唇上挖揸的一下那獃子慌得爬將起來口裡亂嚷道有妖怪有妖怪把我戳了一鎗去了嘴上好不疼呀伸手摸摸流出血來了他道踏蹬阿我又沒甚喜事怎麼嘴上掛了紅耶他看着這血手口裡絮絮叨叨的兩邊亂看却

不見動靜道無甚妖怪怎麼戳我一鍗麼忽擡頭往上看
時原來是個啄木虫在半空中飛哩獃子咬牙駡道這個
亡人弼馬温欺負我罷了你也來欺負我我曉得了他一
定不認我是個人只把我嘴當一段黑朽枯爛的樹内中
生了虫尋虫兒吃的將我啄了這一下也等我把嘴揣在
懷裡睡罷那獃子轂轆的依然睡倒行者又飛來着耳根
後又啄了一下獃子慌得爬起來道這個亡人打攪得
我很想必這里是他的窠巢生蛋佈雛怕我占了故此這
般打攪罷罷罷不睡他了牽着鈀徑出紅草坡找路又走
可不喜壞了孫行者唉倒個美猴王行者道這夯貨大睜

着兩個眼連自家人也認不得好大聖搖身又一變還變
做個蟭蟟蟲釘在他耳躲後面不離他身上那獃子入深
山又行有四五里只見山凹中有桌面大的四四方方一
塊青石頭獃子放下鈀對石頭唱個大喏行者暗笑道這
獃子石頭又不是人又不會說話又不會還禮唱他喏怎
的可不是個瞎帳原來那獃子把石頭當着唐僧沙僧行
者三人朝着他演習哩他道我這回去見了師父若問有
妖怪就說有妖怪他問甚麼山我若說是泥揑的土做的
錫打的銅鑄的麵蒸的紙糊的筆畫的他們見說我獃哩
若講這話一發說獃了我只說是石頭山他問甚麼洞也

只說是石頭洞他問甚麽門却說是釘釘的鉄葉門他問裡邊有多遠只說入內有三層十分再搜尋問門上釘子多少只說老猪心忙記不真此間編造停當哄那弼馬溫去那獃子揑合了拖着鈀徑回本路怎知行者在耳躲後一一聽得明白行者見他回來即騰兩翅預先回去現原身見了師父師父道悟空你來了悟能怎不見回行者笑道他在那里編謊哩就待來也長老道他兩個耳躲蓋着眼愚拙之人也他會編甚麽謊又是你揑合甚麽鬼話賴他哩行者道師父你只是這等䕶短這是有對問的話把他那鑽在草裡睡覺被啄木虫叮醒朝石頭唱喏編造甚

麼石頭山石頭洞鐵葉門有妖精的話預先說了說畢不多時那獸子走將來又怕忘了那謊低著頭口裡溫習被行者喝了一聲道獸子念甚麼哩八戒掀起耳朵來看看道我到了地頭了那獸子上前跪倒長老攙起道徒弟辛苦阿八戒道正是走路的人爬山的人第一辛苦了長老道可有妖怪麼八戒道有妖怪有妖怪一堆妖怪哩長老道怎麼打發你來八戒說他叫我做僧祖宗猪外公安排些粉湯素食教我吃了一頓說道擺旗鼓送我們過山哩行者道想是在草裡睡着了說得是夢話獸子聞言就嚇得矮了二寸道爺爺啞我睡他怎麼曉得行者上前一把

揪住道你過來等我問你獃子又慌了戰戰兢兢的道問
便罷了揪扯怎的行者道是甚麽山八戒道是石頭山甚
麽洞道是石頭洞甚麽門道是釘釘鐵葉門裡邊有多遠
道入內是三層行者道你不消說了後半截我記得真恐
師父不信我替你說了罷八戒道嘴臉你又不曾去你曉
得那些兒要替我說行者笑道門上釘子有多少只說老
猪心忙記不真可是麽那獃子卽慌忙跪倒行者道朝著
石頭唱喏當做我三人對他一問一答可是麽又說等我
編得慌兒停當哄那弼馬溫去可是麽那獃子連忙只是
磕頭道師兄我去巡山你莫成跟我去聽的行者罵道我

把你個饢糠的夯貨這般要緊的所在教你去巡山你却去睡覺不是啄木虫叮你醒來你還在那裡睡哩及叮醒又編這樣大謊可不悞了大事你快伸過孤拐來打五棍記心八戒慌了道那個哭喪棒重擦一擦兒皮塌撓一撓兒觔傷若打五下就是死了行者道你怕打却怎麽扯謊八戒道哥哥哑只是這一遭兒以後再不敢了行者道一遭便打三棍罷八戒道爺爺哑半棍兒也禁不得獃子沒計奈何扯住師父道你替我說個方便兒長老道悟空說你編謊我還不信今果如此其實該打但如今過山少人使喚悟空你且饒他待過了山再打罷行者道古人云順

父母言情呼為大孝師父說不打我我就且饒你你再去與
我巡山若再說謊悞事我定一下也不饒你那獃子只得
爬起來又去你看他奔上大路疑心生暗鬼步步只疑是
行者變化了跟住他故見一物即疑是行者走有七八里
見一隻老虎從山坡上跑過他也不怕舉着釘鈀道師兄
來聽說謊的這遭不編了又走處那山風來得甚猛呼的
一聲把顆枯木刮倒滾至面前他又跌腳搥胸的道哥阿
這是怎的起一行說不敢編謊罷了又變甚麽樹來打人
又走向前只見一個白頸老鴉當頭喳喳的連叫幾聲他
又道哥哥不羞不羞我說不編就不編了只管又變着老

鴉怎的你來聽麼原來這一番行者卻不曾跟他去他那里卻自驚自怪亂疑亂猜故無徃而不疑是行者隨他身也獃子驚疑且不題卻說那山叫做平頂山那洞叫做蓮花洞洞裡兩妖一喚金角大王一喚銀角大王金角正坐對銀角說兄弟我們多少時不巡山了銀角道有半個月了金角道兄弟你今日與我去巡巡銀角道今日巡山怎的金角道你不知近聞得東土唐朝差個御弟唐僧徃西方拜佛一行四衆叫做孫行者豬八戒沙和尚連馬五口你看他在那處與我把他拿來銀角道我們要吃人那里不撈幾個這和尚到得那里讓他去那金角道你不曉得

我當年出天界嘗聞得人言唐僧乃金蟬長老臨凡十世修行的好人一點元陽未泄有人吃他肉延壽長生哩銀角道若是吃了他肉就可以延壽長生我們打甚麼坐立甚麼功煉甚麼龍與虎配甚麼雌與雄只該吃他去了等我去拿他來金角道兄弟你有些性急且莫忙着你若走出門不管好歹但是和尚就拿將來假如不是唐僧卻也不當人子我記得他的模樣曾將他師徒畫了一個影圖了一個形你可拿去但遇着和尚以此照驗照驗又將某人是某名字一一說了銀角得了圖像知道姓名即出洞點起三十名小怪便來山上巡邏卻說八戒運拙正行處

可可的撞見群魔當面攔住道那來的甚麼人獃子纔擡起頭來掀著耳躲看見是些妖魔他就慌了心中暗道我若說是取經的和尚他就撈了去只是說走路的小妖回報道大王是走路的那三十名小怪中間有認得的有不認得的傍邊有聽着指點說話的道大王這個和尚像這圖中猪八戒模樣叫掛起影神圖來八戒看見大驚道怪道這些時沒精神哩原來是他把我的影神傳將來也小妖用鎗挑着銀角用手指道這騎白馬的是唐僧這毛臉的是孫行者八戒聽見道城隍沒我便也罷了猪頭三牲清醮二十四分口裡勞叨只管許愿那怪又道這黑長的

是沙和尚這長嘴大耳的是猪八戒獃子聽見說他慌得把個嘴揣在懷裡藏了那怪叫和尚伸出嘴來八戒道胎裡病伸不出來那怪喝小妖使鈎子鈎出來八戒慌得把個嘴伸出道小家形罷了這不是你要看便就看鈎怎的那怪認得是八戒掣出寶刀上前就砍這獃子舉釘鈀按住道我的兒休無禮看鈀那妖怪笑道這和尚是半路出家的八戒道好兒子有些靈性你怎麼就曉得老爺是半路上出家的那怪道你會使這鈀一定是在人家園圃中築地把他這鈀偷將來也八戒道我的兒你那里認得老爺這鈀我不比那築地之鈀這是

巨齒鑄來如龍爪、滲金粧就似虎形、若逢對敵寒風洒、但遇相持火焰生、能替唐僧消瘴碍、西天路上捉妖精、輪動煙霞遮日月、使起昏雲暗斗星、築倒泰山老虎怕、耙翻大海老龍驚、饒你這妖有手段、一鈀九個血窟窿、那怪聞言、那里肯讓、使七星劍丟開解數、與八戒一往一來、在山中賭鬬、有二十回合、不分勝負、八戒發起狠來、拾死的相迎、那怪見他捽耳朶噴粘涎、舞釘鈀口裡吆吆喝喝的、也儘有些悚懼、即回頭招呼小怪、一齊動手、若是一個打一個、其實還好、他見那些小妖齊上、慌了手脚、遮架不住、敗了陣回頭就跑、原來是道路不平、未曾細看、忽被蓏蘿藤絆了個跟蹡掙起來正走又被一箇小妖躧倒在地扳着他腳跟撲的又跌了箇狗喫屎被一群趕上按住抓鬃毛揪耳躲扯着腳拉着尾扛扛擡擡擒進洞去咦正是

一身魔發難消滅　萬種災生不易除

畢竟不知猪八戒性命如何且聽下回分解

總評

描畫孫行者頑處猪八戒獃處令人絶倒化工筆也